Alan Lightman

Zeit der Leidenschaft

Alan Lightman

Zeit der Leidenschaft

Aus dem Amerikanischen von
Bernhard Kleinschmidt

Droemer

Originaltitel: *Reunion*
Originalverlag: Pantheon Books, New York

Besuchen Sie uns im Internet:
www.droemer.de

Die Folie des Schutzumschlags sowie die Einschweißfolie sind
PE-Folien und biologisch abbaubar.
Dieses Buch wurde auf chlor- und säurefreiem Papier gedruckt.

»Little Fly« von William Blake (S. 156) ist in der Übertragung
von Thomas Eichhorn wiedergegeben, in:
William Blake, Zwischen Feuer und Feuer, München: dtv, 1996.
Umschlaggestaltung: ZERO Werbeagentur, München
Umschlagabbildung: Jeff Cottenden
Satz: Ventura Publisher im Verlag
Druck und Bindung: Ebner & Spiegel, Ulm
Printed in Germany
ISBN 3-426-19639-5

2 4 5 3 1

Zeit der Leidenschaft

1

Sheila liegt auf mir, schnarchend; ihre schweren Brüste lasten auf meiner Brust, ihr Bauch schmiegt sich an meinen Bauch, ihr Haar ist feucht in der Nachmittagshitze. Ein Lichtspalt fällt durch die weiße Jalousie, die sie immer schließt, wenn wir uns lieben. Ich höre den langsamen Rhythmus des Ventilators an der Decke und leise Radiogeräusche von der Straße her. Auch ich schlafe ein.

Ich fliege über Berge, schwindelnd, voller Angst. Irgendein Arm gleitet über mein Gesicht. Wie? Was? Eine Stunde ist vergangen, vielleicht auch zwei. Schwitzend setzte ich mich auf dem Seidenteppich auf. In Zeitlupe küsst Sheila mich auf den Nacken, steht auf und dehnt sich.

»Es gefällt mir hier zwischen den Büchern«, sagt sie und gähnt. »Schon immer. Hast du sie alle gelesen? Bestimmt sind die meisten reine Angabe.« Sie grinst mich an und nimmt einen langen Zug aus dem Weinglas auf dem Bücherregal. Ich sehe die bernsteinfarbene Flüssigkeit langsam um ihre Lippen wirbeln, stiere auf ihren weichen weißen Leib. Sie ist nicht

unattraktiv in ihrer reifen Nacktheit, und ich glaube, ich könnte sogar Liebe für sie empfinden, aber jetzt will ich, dass sie geht. Da liegt ein Buch, das ich fertig lesen will.
Noch immer völlig nackt, schlendert sie in die Küche, kommt mit dem tragbaren Fernseher ins Arbeitszimmer zurück und schaltet ihn ein. Klick. Wir sehen einen Werbespot für ein Deodorant, dann eine Reportage über irgendeinen Hurrikan in Honduras. Hunderte von Männern und Frauen kauern vor primitiven Unterständen, Kinder spielen im Morast. Aus Lastwagen werden Nahrungsmittel und Medikamente ausgeladen.
»Ich werde ihnen eine Spende schicken«, sagt Sheila.
»Ihnen?«
»Der Hilfsorganisation. Oxfam. Das solltest du auch tun.«
Was soll ich Sheila erwidern? Ich bin noch schlaftrunken, schlaff von unserem Liebesspiel, nicht einmal darauf vorbereitet, aus dem Fenster zu schauen. Während ich mir den Schlaf aus den Augen reibe, bin ich versucht, den Fernseher auszuschalten.
In Wahrheit fühle ich keinen Bezug zu den Gesichtern auf dem Bildschirm. Die Honduraner sind nur eine Anzahl elektronischer Pixel. Ich bin zu dem Schluss gekommen, dass es die große Errungenschaft unseres Zeitalters ist, die Erde so gründlich mit Megabits zu überfluten, dass jedes Bild und jede Tatsache zu einem digitalisierten, entkörperlichten Nichts geworden sind. Mit grandioser Entschlossenheit ist unsere Spezies von der Steinzeit

über die industrielle Revolution zur digitalen Leere fortgeschritten. Wir sind gewichtslos geworden, im negativen Wortsinn.
Die honduranischen Frauen in ihren erdfarbenen Schultertüchern, die Männer mit ihrem leeren Blick und ihren schief auf dem Kopf sitzenden Strohhüten sind nicht mehr als Bits auf dem Bildschirm, Stöße elektrischer Spannung, Verflüchtigungen. Hätte Sheila bloß nicht den Fernseher eingeschaltet! Ich würde lieber wieder eindösen oder lesen.

Sheila war irgendwo im ersten Stock und hat in einem der Zimmer dort gestöbert. Nun kommt sie lässig die lange Wendeltreppe herab. Sie hat sich eine Bluse übergestreift, sie aber raffinierterweise aufgeknöpft gelassen. »Ich werde eine Spende schicken.« Sie schaut mich an und hebt fast unmerklich eine Augenbraue, als wartete sie darauf, dass ich etwas sage oder tue. Ich kenne diese winzige Geste von meiner Exfrau her. Sie war ein Hinweis darauf, dass ich es an der nötigen Aufmerksamkeit fehlen ließ. Diese kleinen Stiche vermisse ich, stelle ich unvermutet fest.
»Du kannst dir mehr leisten als ich, Charles«, sagt sie.
»Stimmt.« Sie versucht eindeutig, einen Streit vom Zaun zu brechen. Ist sie womöglich gelangweilt?
»Oxfam hat eine kostenlose Telefonnummer, bei der du deine Kreditkarte benutzen kannst«, sagt sie. »Du kannst aber auch einen Scheck ausschreiben, an den Hilfsfonds für Honduras. Das werde ich jedenfalls tun.«

»Nur zu«, sagte ich.
Mit ihrer aufgeknöpften Bluse sieht Sheila überraschend sexy aus. Ihr Körper ist echt, er ist kein digitalisiertes Bit, er hat Gewicht und ist nur dreißig Zentimeter von mir entfernt. Ich greife nach ihren Brüsten.
Sie weicht einen Schritt zurück. »Benimm dich doch nicht wie ein mieses Miststück«, sagt sie.
Ich fühle mich nicht wie ein Miststück. Ich habe über solche Dinge nachgedacht. Erst kürzlich habe ich einen Artikel über die Relativität von Werten gelesen. Das erwähne ich, weil es sich direkt auf das Problem der honduranischen Hurrikanopfer im Fernsehen bezieht. Selbst wenn sie nicht nur elektronische Datenpünktchen sind, geht es diesen Leuten nicht halb so schlecht, wie es scheint. Wohlergehen und Not sind nämlich rein relative Begriffe. Es gibt keine Armut an sich, kein Leiden an sich, kein Unglücklichsein an sich. Alles ist relativ. Der Physiker Galileo Galilei war der Erste, der das begriffen hat. Absolute Bewegung ist nicht beobachtbar. Nur die relative Bewegung zwischen zwei Objekten hat Bedeutung.
Auch die großen Maler haben diesen Punkt erfasst: Das Auge reagiert nur auf relatives Licht und relativen Schatten. Man sieht das an den Bildern von Corot, zum Beispiel an *Landschaft mit See und Schiffer* oder *Château-Thierry*, oder an den Werken von John Singer Sargent und Frederick Edwin Church. Ein dunkler Bereich der Leinwand ist nur dunkel, weil er an einen helleren Bereich angrenzt. Oder die

Farben. Seit langem wissen Maler und Fotografen, dass ein Farbwert nur in Beziehung zu den anderen Farben um ihn herum wahrgenommen wird. Je nach dem Hintergrund kann ein Grün braun erscheinen und ein Blau rot.

Laut der Autorin oder dem Autor des Zeitschriftenartikels – an den Namen erinnere ich mich nicht mehr – gebietet es die Vernunft, diese Beweisführung auch auf die menschliche Zufriedenheit anzuwenden. Nur im Vergleich mit irgendeinem anderen Zustand fühlt der Mensch sich zufrieden. Ein Mann, der sein Leben lang nur ein Fahrrad besessen hat, fühlt sich in dem Augenblick, in dem er ein Auto kauft, plötzlich reich. Einige Tage lang lenkt er seinen neuen Wagen langsam durch sein Wohnviertel, damit die Leute ihn angaffen können, er holt auf der Autobahn alles aus dem Motor heraus, liebevoll poliert er die Radkappen, bis er sich darin spiegeln kann. Dieses Glücksgefühl nutzt sich jedoch alsbald ab. Nach einer Weile ist der Wagen nur noch eines der Dinge, die unser Freund besitzt; und wenn sein Nachbar zwei Autos kauft, fühlt er sich augenblicklich arm und benachteiligt.

Wenn ich nun wieder an die honduranischen Hurrikanopfer denke, muss ich zugeben, dass ich diese Argumente zu meinem Nutzen auf Dinge ausweite, über die nichts in diesem Artikel gestanden hat. Wer könnte sagen, ob die Honduraner Not leiden oder unglücklich sind? Not leiden und unglücklich bezogen worauf? Wahrscheinlich sind sie ohnehin nicht daran gewöhnt, viel zu besitzen. Lachen die honduranischen Kinder denn nicht, während sie im Morast spielen? In meinen Augen sind sie quietschvergnügt. Höchstwahrscheinlich haben sie, was sie brauchen. Lasst sie doch in Ruhe. Ich kann nicht entscheiden, was andere Leute brauchen, nur, was ich selbst brauche. Doch ich verliere den roten Faden meiner Beweisführung.

»Charles, ich merke, dass du schon wieder denkst«, sagt Sheila, während sie mit dem kleinen Finger dunkelroten Lippenstift auf ihre Lippen streicht. »Immer denkst du nach. Das ist nicht gut für dich.«

Ich stelle einen Scheck über fünfzehn Dollar an den Hilfsfonds für Honduras aus und schalte den Fernseher ab. Geschafft.

Jetzt essen wir Eiskrem mit Pfefferminzgeschmack. Pfefferminz ist meine Lieblingssorte, aber ich habe auch eine Menge Eis mit Pistazien- und Schoko-Mandel-Geschmack im Eisfach. Zwischendrin zieht Sheila an ihrer Zigarette und stößt lange silberne Rauchfäden aus. Sie will über einen Film sprechen, den sie letzte Woche gesehen hat, irgendeine französische Romanze, bei der Jean Doumer Regie geführt hat. Zwar gehe ich auch gern ins Kino, aber Sheilas Film habe ich nicht gesehen und kann nur nicken, während sie spricht. Sie steht auf, um sich eine zweite Schale Eiskrem aus der Küche zu holen; ich höre den Kühlschrank auf- und zugehen, ein Löffel fällt klappernd auf die Arbeitsplatte. Der Film werde bestimmt noch ein paar Wochen laufen, sagt sie. Ob ich am Freitagabend mitgehen wolle? Sie habe nichts dagegen, ihn noch einmal zu sehen.

Aus irgendeinem Grund finde ich nun den Faden der Beweisführung wieder, mit der ich vorhin beschäftigt war. Im Grunde geht es um Folgendes: Ich habe es geschafft, meine bescheidenen Bedürfnisse und Ambitionen zu erkennen. Bevor ich mich morgens anziehe, stelle ich mich im Pyjama ein paar Minuten auf meine Veranda und schnuppere an dem neuen Tag, bevor er mir durch die Finger gleitet. Ich esse die beiden pochierten Eier, die ich mir selbst zubereite, und eine trockene Scheibe Toast. Ich trinke meine Tasse Kaffee, den ich in meiner Kaffeemaschine zubereitet habe, zwei Löffel Milch, kein Zucker. An Werktagen fahre ich mit dem Fahrrad zum grün belaubten Campus meines kleinen College, wo ich meine Vormittagsveranstaltungen abhalte. Ich führe ein paar Telefongespräche, empfange einige Studenten. Am Nachmittag radle ich nach Hause, vorbei an gepflegten Gärten, an Briefkästen auf Zedernpfosten, an zweistöckigen Häusern mit Garagen. Dann bin ich daheim, in meinem eigenen zweistöckigen Haus.

Eigentlich ist es gar nicht mein Haus. Ein Professor an einem kleinen College, der wie ich mit dem Hungerlohn eines solchen Professors auskommen muss, könnte sich dieses Haus bei weitem nicht leisten. Meine Exfrau hat es gekauft und mir bei ihrem Abschied hinterlassen. Einer meiner weniger angenehmen Kollegen hat mir gegenüber einmal gestichelt: »Wir haben nicht alle das Glück, mit Frauen verheiratet zu sein, die uns bei der Scheidung so schöne Häuser hinterlassen.« Und ich habe geantwortet: »Das ist mir ziemlich egal, mein Bester. Vielleicht haben Sie beim nächsten Mal auch mehr Glück.« Barbara hat genau gewusst, was sie tat. Als wir uns trennten, hat sie nur ein Porzellanfläschchen mitgenommen, das wir einmal zusammen in New York gekauft hatten. Das Haus, den Wagen, die ganzen Möbel, selbst ihre Kleider hat sie mir gelassen. Sie hätte ihr verfluchtes Zeugs mitnehmen sollen. Das Haus hätte sie auch behalten sollen. Sie hat ihre Rache bekommen.

So radle ich denn durch ein Viertel mit erfolgreichen Anwälten, Ärzten und Bankern, komme nach Hause und benote kindische Aufsätze. Am späten Nachmittag mixe ich mir einen Drink, ziehe ein Buch heraus und sinke in meinen Sessel. Nach dem Abendessen arbeite ich an einem meiner fünftausend Teile umfassenden Puzzles mit französischen Landschaften. An manchen Abenden habe ich keine Lust, an einem Puzzle zu arbeiten.

Käme mein Leben einem Honduraner, egal, ob Hurrikanopfer oder nicht, nicht lachhaft extravagant vor? Natürlich. Die Hauptsache ist, ich will nicht gestört werden. Ich habe Opfer für dieses verweichlichte Leben gebracht, zumindest relativ gesehen, und ich fühle mich wohl. Führe ich das Leben eines selbstsüchtigen Miststücks? Sei's drum! Ich bin zufrieden in meinem Mist.

»Fährst du zu diesem Jahrgangstreffen an deinem alten College?«, fragt Sheila. Sie steckt das mit ihrem

Monogramm verzierte Zigarettenetui weg. »Wann ist das eigentlich? Ist es nicht übernächstes Wochenende, am Sechsten?«

»Ja. Kommst du mit?« Mindestens einen Monat lang hoffe ich schon, dass Sheila mitfährt, das wird mir nun klar. Zum zwanzigjährigen Jubiläum bin ich alleine gefahren, gleich nach meiner Scheidung, und das war mörderisch. Alle hatten ihre Frauen oder Freundinnen dabei. Da scharen sich ehemalige Studenten aus dem ganzen Land, die sich zwanzig Jahre nicht gesehen haben, nicht in Verbindung geblieben sind und keine besondere Zuneigung zueinander verspüren, zusammen und tun so, als kämen sie zu einem Familientreffen. Das fünfundzwanzigste, das große Jubiläum, bei dem alle über ihren speziellen Platz auf der Welt sprechen, habe ich ausgelassen. Aus heiterem Himmel habe ich mich nun entschlossen, zum dreißigsten zu fahren. Jetzt sind wir alle über fünfzig, werden kahl und weitsichtig und bekommen allmählich Hängebacken. Wie auf des Messers Schneide stehen wir an dem Zeitpunkt, an dem wir einen Großteil dessen, was wir im Leben erreichen werden, bereits erreicht haben, und fangen gerade damit an, auf den schwarzen Abgrund zu starren, der uns am anderen Ende erwartet. Wieso habe ich nur beschlossen hinzufahren? Ich weiß es nicht. Ich weiß es nicht. Aber ich fühle mich wohl, werde ich zu meinen alten Kommilitonen sagen, ich fühle mich sauwohl. Ich will nicht gestört werden.

»Ich kann nicht mitfahren«, sagt Sheila. »Wieso fragst du nicht Emily?«

»Emily fährt nicht gern mit mir weg. Sie sagt, wenn wir zusammen wegfahren, fühlt sie sich wie ein Kind. Wahrscheinlich sehe ich Emily erst, wenn sie an Thanksgiving nach Hause kommt, vielleicht nicht einmal dann. Womöglich verbringt sie Thanksgiving bei Barbara.«

»Ich würde wirklich gerne mitfahren. Aber an diesem Wochenende habe ich ein Kundenmeeting.«

»Bitte komm doch mit.«

Sie zögert. »Vielleicht kann ich den Termin verlegen.« Von der anderen Seite des Zimmers her wirft sie mir einen teilnehmenden Blick zu. Aber sie hat ein paar Sekunden zu lange gezögert, und ich weiß, dass sie nicht mitkommen will.

»Nein«, sage ich, »leg deinen Termin nicht um. Ist schon in Ordnung.« Wieso kann man nicht ehrlich miteinander umgehen? Ich bin auch nicht ehrlich.

2

Das Buch, das ich fertig lesen will, ist die Biographie eines unbedeutenden deutschen Astronomen namens Ulrich Schmeken. Verfasst von Ralph Cunningham, einem meiner Mitbewohner aus längst vergangener Studentenzeit, der zum Jahrgangstreffen kommen wird und sich höchstwahrscheinlich sehr ausführlich mit mir über sein Buch unterhalten will. Cunninghams bei einem kleinen Universitätsverlag erschienene Biographie ist vergriffen. Das Exemplar, das er mir vor Jahren geschickt hat, habe ich erst kürzlich aus seiner Einschweißfolie geschält.

Hier die Grundzüge der Geschichte: Ulrich Schmeken forschte im späten neunzehnten Jahrhundert in einem Heidelberger Observatorium. Seine Spezialität war die Entdeckung von Asteroiden. Schmeken arbeitete allein, aber wenn er des Nachts den Hügel zu seiner Forschungsstätte emporschritt, nahm er gelegentlich eine junge Frau mit. Unter der silbernen Kuppel entzündete er einige Kerzen, trank mit seiner beeindruckten Begleiterin ein Glas Wein, entkleidete sie und liebte sie leidenschaftlich. In den verbleibenden Nachtstunden spähte Schmeken dann durch sein Teleskop und suchte nach neuen Himmelskörpern. Zu seinen Entdeckungen zählen die Asteroiden Catrina und Eva (1894) und die Asteroiden Ilsa und Winifred (1895). Nach Cunninghams Beschreibung hatte Schmekens Observatorium die Form einer weiblichen Brust.

Dann nimmt sein Leben eine folgenschwere Wendung. An einem milden Herbstabend des Jahres 1898 weigerte sich eine von Schmekens jungen Damen, sich zum Zweck des präasteroiden Beischlafs zu ihm zu gesellen. Der Astronom verlegte sich aufs Flehen. Natürlich würde er einen Asteroiden nach ihr benennen. Sie jedoch wich keinen Zollbreit vom Pfad der Tugend ab. Offenbar war Schmeken bislang noch nie abgewiesen worden. Er war so niedergeschmettert, dass er die Sternwarte am selben Abend für immer verließ und nie zu seiner wissenschaftlichen Karriere zurückfand. Die nicht eroberte junge Frau hingegen wurde eine angesehene Biologin.

Ein Großteil von Schmekens Geschichte ist bekannt, weil der Astronom das Journal, in dem er seine astronomischen Beobachtungen und Kommentare aufzeichnete, unbekümmert auch als persönliches Tagebuch benutzte. So unprofessionell diese Vermischung auch war, für Cunningham erwies sie sich als wahre Goldmine. »23. April 1895, 22h034: Objekt E bei ra 113247.8, dec 3°14'34" – Abstand von AG13: ra 11336.2, dec 4°17'34" – Mag 148.

Hoffe auf eine dritte Sichtung morgen Nacht. […] Anna ist noch wunderbarer, als ich dachte. Sie hat ein kleines Muttermal an der linken Hüfte, das sie mich wieder und wieder küssen hieß. Ich wiederum …«

Dem letzten Satz dieser Passage fügt Cunningham, so pedantisch, wie ich ihn von unserer Studentenzeit her kenne, eine äußerst interessante Fußnote hinzu: »Schmeken verwendet hier nicht den gewöhnlichen deutschen Ausdruck *küssen*, sondern das ungewöhnliche Wort *lecken*. Nach meiner Ansicht hat er in diesem Zusammenhang jedoch küssen gemeint, und deshalb habe ich das Wort auch so übersetzt.« So wie ich es verstehe, hat Schmeken in seiner Sternwarte Wissenschaft in Eros verwandelt.

Offenbar führte auch die standhafte junge Frau – sie trug den Namen Lena Hammans – ein Tagebuch und lieferte ihre eigene Beschreibung jener schicksalhaften Nacht. Am Anfang des Abends verhielt Schmeken sich liebenswürdig und galant. Er legte seinen Mantel auf die Bank, bevor sie sich darauf niederließ, er ließ sie begeisterte Blicke durchs Teleskop tun und verglich ihre Augen mit einem Sternennebel. Als sie sich jedoch weigerte, ihre Kleider abzulegen, geriet er völlig außer Fassung. Er wurde wild. Er stampfte mit den Füßen auf, er schrie, er packte sie an den Haaren, er schleuderte wertvolle astronomische Linsen und Okulare auf den Boden. Sie war schockiert, dass ein Mann der Wissenschaft ein derartiges Verhalten an den Tag legte, bis sie eine Weile später begriff, dass Sex die mächtigste Kraft im Universum ist; und sie war die Herrin dieser Kraft. Angesichts dieser Erkenntnis wählte sie als ihre Wissenschaft die Biologie, nicht die Astronomie oder die Physik.

Cunningham war von der Geschichte Schmekens jahrelang regelrecht besessen, so sehr, dass er sich während der Arbeit an seinem Buch im Alter von fünfunddreißig Jahren durch einen Astronomiekurs quälte. Ich stimme mit ihm überein, dies ist eine sehr traurige Geschichte. Trotz seines schlechten Benehmens war dieser Astronom eine Art tragische Gestalt. Er hat es zugelassen, dass sein persönlicher Stolz seine vielversprechende Laufbahn ruinierte, und darin liegt die Tragödie. Die eigentlich interessante Frage aber bleibt: War es persönlicher Stolz oder bloß rohe sexuelle Frustration, die Schmeken in jener Nacht im Observatorium toben ließ wie einen Berserker?

Vielleicht war Schmeken sich seiner eigenen Bedürfnisse nicht recht bewusst. Bestimmt hat er die Befriedigung gebraucht, die seine wissenschaftliche Karriere ihm verschafft hat; sein Selbstverständnis als Wissenschaftler muss ihm wichtig gewesen sein. Was er jedoch vielleicht noch dringender brauchte, war seine Identität als Mann, die sich in seiner Beherrschung von Frauen ausdrückte. Und hier erwies sich ein einziges Scheitern trotz all seiner Erfolge als verhängnisvoll. Ein minderer Casanova hingegen, das heißt ein gewöhnlicher Mann, wäre an gelegentliche Körbe von Frauen gewöhnt gewesen

und hätte nicht mit solcher Gewalt und Endgültigkeit reagiert.
Ich beneide Schmekens Leidenschaft. Während ich nun zu Sheila hinüberblicke, frage ich mich, ob ihre haselnussbraunen Augen wohl die Farbe von Sternennebeln haben. Ich betrachte Sheila und stelle fest, dass es zwischen uns beiden nie viel Leidenschaft gegeben hat. Unser Liebesspiel ist immer schleppend und bedächtig gewesen, als wiederholten wir etwas aus dem Gedächtnis, als wäre dies die Art und Weise, wie Leute unseres Alters sich lieben sollten.
Die Geschichte des Astronomen ist damit noch nicht zu Ende. Dreißig Jahre später, als Schmeken über siebzig ist und gebrechlich, aber ruhig auf dem Lande lebt, schreibt er einen Brief an die inzwischen berühmte Biologin Lena Hammans, in dem er sich für sein Verhalten in jener Nacht entschuldigt und um Vergebung bittet. Sie antwortet ihm nicht. Er schickt ihr einen zweiten, in schmerzlichem Ton gehaltenen Brief, den sie ebenfalls ignoriert. Stattdessen lässt sie beide Briefe in vollem Wortlaut in ihren Erinnerungen mit dem Titel *Meine Laufbahn* abdrucken. Sie verspottet Schmeken, obwohl dieser alt und schwach ist, und glorifiziert ihre eigene Position, denn sie hat eine Entdeckung gemacht, die wesentlich bedeutsamer ist als Schmekens klitzekleine Asteroiden. Sie hat die machtvollste Kraft im Universum entdeckt, und diese Kraft ist noch stärker, wenn sie nicht durch Mitgefühl verwässert wird.

Bei dem Gedanken an Cunningham kommt mir ein anderer Kommilitone in den Sinn, Nicholas Blanchard, inzwischen ein bekannter Militär. Manchmal ist er mit uns in die Kneipe gegangen, wenn er nicht gerade seine Uniform als Mitglied des Reserveoffiziers-Trainingscorps trug. Vom ROTC hatte Nick sich anwerben lassen, weil es seine Studiengebühren bezahlte, doch dem Militär an sich brachte er ein tiefes Misstrauen entgegen, wie es die meisten von uns Ende der sechziger Jahre taten. Sich vom ROTC die Studiengebühren bezahlen zu lassen, sagte Nick, sei eine Methode, es zu »benutzen«, es ihm heimzuzahlen. Sein eigentliches Ziel sei es, die Organisation zu unterminieren, und das könne man leichter von innen heraus. Um diese Organisation zusätzlich zu schmähen, trug Nick oft einen Büstenhalter unter seiner Uniform, besonders zum Exerzieren. Jede Woche marschierten die Kadetten in voller Montur auf dem Fußballplatz auf und ab, und anschließend kam Nick feixend ins Wohnheim zurück. Mir war nicht ganz klar, wie man das ROTC schmähen konnte, wenn es davon keine Ahnung hatte, doch Nick versicherte immer im Brustton der Überzeugung, eine verborgene Schmähung wirke am allerbesten.

Nach dem College fuhr Nick fort, das Militär zu benutzen. Er stieg immer höher auf und wurde im Alter von vierundvierzig Jahren zum Brigadegeneral ernannt, gerade rechtzeitig, um im ersten Golfkrieg eingesetzt zu werden. Eine Woche vor Kriegsausbruch, als der amerikanische Aufmarsch rund um den Irak abgeschlossen war und die ganze Welt sich fragte, ob die Vereinigten Staaten wohl den Mumm besäßen, ihre Waffen auch einzusetzen, äußerte General Blanchard vor laufenden Kameras den Satz, der ihn für immer unsterblich machte: »Sie glauben doch nicht, dass Präsident Bush uns auf den Platz stellt, ohne uns aufs Tor schießen zu lassen, oder?« Ich habe das Ganze auf CNN mitbekommen. Nick, bist du das? Bist das wirklich du? Trägst du auch deinen Büstenhalter?

Der Nick im Fernsehen war nicht realer als der Golfkrieg selbst, ein fernsehgerechter Krieg, ein Videospiel, eine digitalisiertes, entkörperlichtes Nichts wie die honduranischen Hurrikanopfer, das nur dazu da war, um Deodorants, Bier und Mobiltelefone zu verkaufen. Auf meinem Sechzehn-Zoll-Bildschirm waren die Bombenziele säuberlich mit roten Kästchen markiert. Während hinter den Kulissen die Rauchmaschinen arbeiteten, bebten und zerbröselten auf der Bühne Miniaturgebäude. Das einzig Interessante an diesem Krieg war Nicks Ankündigung vor den Kameras der ganzen Welt: *Sie glauben doch nicht, dass Präsident Bush uns auf den Platz stellt, ohne uns aufs Tor schießen zu lassen, oder?* Wann hatte Nick nur begonnen, Metaphern aus dem Fußball zu verwenden? Er hatte doch nicht die leiseste Ahnung von Fußball oder irgendeiner anderen Sportart.

Später kam heraus, dass das berühmt-berüchtigte Statement gar nicht auf dem Mist des Brigadegenerals gewachsen war. Eigentlich hatte ein Brigadegeneral vor der Presse überhaupt nichts von sich zu geben. Einer seiner Vorgesetzten, ein Zweisternegeneral, hatte Nick auf dem Kieker gehabt und ihn dazu provoziert, den Spruch zu klopfen, weil er geglaubt hatte, ihm damit einen unehrenhaften Abschied bescheren zu können. Vor allem mit seiner Männlichkeit hatte er ihn aufgezogen, weil Nick so eine sanfte Stimme hatte. Nach dem berühmten Kommentar vor der Weltpresse veränderte Nick sich allerdings. Seine Stimme wurde blechern, sein Gang großspurig. Ich glaube, er sah sich als Kriegsheld, obwohl er alsbald nach Cincinnati zurückkehrte und dort während des gesamten Krieges blieb, den er wahrscheinlich im Fernsehen verfolgte. Nick war schon immer ein Feigling gewesen.

Vor einigen Jahren bin ich Nick in einem Hotel in Chicago zufällig wieder begegnet. Ich nahm an einer wissenschaftlichen Tagung teil; weshalb Nick dort war, weiß ich nicht. Er trug seine Uniform und wurde von zwei Adjutanten begleitet, die ihn umschwärmten wie Brautjungfern. Ein Adjutant für jeden Stern auf seinen Schultern. Natürlich war er trotz des Kommentars am Persischen Golf befördert worden. Wir trafen in einer belebten, schummerigen Lounge mit Wandteppichen und dezent blauen Polstersesseln und Sofas aufeinander. Nick nickte, als hätte er mich eindeutig erkannt, ohne sich sofort an meinen Namen erinnern zu können, und begrüßte mich so leise, dass mir nicht klar war, ob er überhaupt etwas gesagt hatte. Dann fiel ihm mein Name wieder ein, und er fragte, wo ich wohne und was ich so mache. Während wir uns zusammensetzten, sagte er plötzlich mit lauter, herrischer Stimme: »An diesem Land ist nicht viel liebenswert.« Pause. »Aber die Freiheit, die liebe ich.«

»Ja, die Freiheit«, sagte ich. Nick sah mich an. Einen Moment lang kam mir ein grässlicher Jagdausflug in den Sinn, den wir vor Jahren zusammen unternommen hatten. Er hatte die Sache organisiert, um ein paar illegal erworbene Gewehre auszuprobieren. In der Erinnerung hörte ich die Kaninchen schreien, sah sie zerfetzt und blutend auf dem Boden liegen. Wieder war ich mit jeder Faser wütend auf Nick. Dann wollte ich ihm unerklärlicherweise etwas Persönliches mitteilen, etwas von mir, etwas, das ich im Leben geleistet hatte. Und so griff ich nach meiner Brieftasche und zog ein relativ neues Bild von Emily heraus, die gerade einundzwanzig geworden war. »Meine Tochter«, sagte ich und legte das Foto auf Nicks Sessellehne.

Er betrachtete das Bild, und ich glaube, er lächelte. Vielleicht kam ihm in den Sinn, mir ebenfalls ein Foto zu zeigen, aber der Schwung seiner Bemerkung über die Freiheit trug ihn davon. »Weißt du, welche Art von Freiheit ich am meisten liebe?«, fragte er und beugte sich zu mir, so dass seine Orden in der Luft baumelten. Trotz dieser Nähe dröhnte und lärmte seine Stimme, weshalb alle ihn hören konnten. Ich war wie der Interviewer vor der Kamera, das Ohr der Welt. Nick beugte sich zu mir und sagte: »Ich liebe es, dass wir Amerikaner keine Verantwortung tragen. Das ist die größte Freiheit überhaupt, und das müssen wir beschützen.« Womöglich ist das nicht der genaue Wortlaut, aber doch der, an den ich mich erinnere.

Einer der Adjutanten, der Nicks Mütze hielt, betrachtete den Brigadegeneral mit vollkommener Verehrung. Ich hingegen war verwirrt. War Nick ein perfekter Zyniker, oder meinte er es ernst? Viele der anderen Leute in der Lounge waren ebenfalls verwirrt. Nervös klirrten Gläser. Im matten Schein des Kronleuchters, der winzige Lichtstrahlen in den düsteren Raum sandte, spähten alle zu Nick herüber.

»Aber, Sir?«, sagte einer der Umstehenden. Sir? Wie spricht man einen wichtigen Militär an, wenn man nicht genau weiß, was all die Streifen, goldenen Abzeichen und Orden bedeuten? Man könnte »General« sagen, aber womöglich handelt es sich um einen Major, einen Admiral oder weiß Gott was. In solchen Dingen kennt der Mann auf der Straße sich nicht aus.

»Aber, Sir? Bei allem Respekt, das ist doch wohl nicht ernst gemeint, oder? Alle Bürger in einer freiheitlichen Demokratie tragen Verantwortung …« Und damit begann der Sprecher, seinen Widerspruch zu verdeutlichen, indem er den Unabhängigkeitskrieg ins Feld führte, die Boston Tea Party, die Väter der amerikanischen Verfassung, die Verfassung selbst und alles andere, woran er sich aus seinem Geschichtsunterricht an der Highschool erinnerte.

In diesem Augenblick mischte sich eine Frau mit

einem knappen schwarzen Kleid und einem Brillantcollier ein. »Verzeihung, ich glaube, ich habe Sie während des Golfkriegs im Fernsehen gesehen. Haben Sie da nicht irgendwas gesagt wie, Sie wollten auf den Platz gehen und ein Tor schießen? General Blandguard? Sind Sie General Blandguard?«

»General Blanchard«, sagte der Adjutant mit der Mütze in der Hand und stand auf. Nick blieb sitzen. Nun drängten die Leute in der Lounge langsam näher heran. Die Person, die im Zentrum der Aufmerksamkeit stand, war offenbar identifiziert worden, und sie war noch bedeutender, als man gedacht hatte, wenn auch nicht unbedingt in positiver Hinsicht. Ich hörte Murren und einige bissige Kommentare.

Da erhob Nick sich imposant von seinem Sessel. Eine kleine Weile stand er da, als wollte er etwas sagen, aber er schien nicht recht zu wissen, was. Ein verletzter und verwirrter Ausdruck trat auf sein Gesicht. Dann verließ er den Raum.

Einer der Adjutanten folgte ihm. Meine letzte Erinnerung an diese Szene ist, dass ich Nick hinausgehen sah und mich fragte, was er in diesem Augenblick wohl empfand, mich dann umdrehte und den zurückgebliebenen Adjutanten anstarrte, der einer hübschen jungen Blondine übers Haar strich. Er war in seinen Zwanzigern, wahrscheinlich Leutnant oder etwas Ähnliches. Die feinen politischen Differenzen und die verletzte Ehre der vergangenen Minuten hatte er nur am Rande wahrgenommen, so sehr war er damit beschäftigt gewesen, die junge

Dame zu verführen. Wir werden alle verführt, dachte ich bei mir.

Ich stelle mir vor, wie Ulrich Schmeken und Lena Hammans vor der versuchten Verführung gemeinsam zur Sternwarte hinaufwandern. Es muss eine klare, mondlose Nacht gewesen sein, wie Astronomen sie für ihre Tätigkeit brauchen. Schmeken trägt einen Mantel, Lena irgendeinen Überwurf gegen die kühle Abendluft. Einer von beiden hält eine flackernde Öllampe in der Hand, während sie achtsam die Füße auf den Kies des Weges setzen, der sich den Hang hinaufwindet. Lena geht einige Schritte hinter ihm und überlässt ihm die Führung; sie ist erregt von der Nacht, dem Forscher, dem silbern schimmernden Umriss der Kuppel dort oben. Schmeken ist kein hübscher Mann. Er ist klein und leicht krummbeinig, hat eine schiefe Nase und einen Mund, der hinter einem kleinen, langweiligen Schnurrbart verborgen ist – und ist durchaus in der Lage, die verlockenden Muttermale an der Hüfte einer Frau zu lecken, denn an dieser Stelle bestehe ich auf dem ursprünglichen Ausdruck in Schmekens Tagebuch im Gegensatz zu Cunninghams windelweicher Interpretation. Die beiden haben sich vor einigen Wochen in der Universitätsbibliothek kennen gelernt, wo sie Bücher katalogisiert.
»Was werden Sie mir zeigen, Herr Schmeken?«, fragt sie. In ihrer Stimme schwingt eine gewisse Kühnheit mit. Dass sie das Wort an ihn richtet, ohne darauf zu warten, von ihm angesprochen zu werden,

weist bereits darauf hin, dass sie womöglich nicht so passiv ist wie seine anderen jungen Turteltäubchen. Doch ihm entgeht dieses obskure Zeichen; vielmehr gefällt ihm ihre Initiative.

»Ich werde Ihnen den Saturn zeigen und den Andromedanebel.« Saturn, gegürtet von Himmelsringen. Er will Lenas Hand ergreifen; sie hat so zierliche Hände, und Haar, das in dunklen Wellen herabfällt wie die dunklen Filamente im Orion. Noch hat er nicht daran gedacht, ihre Augen mit einem Sternennebel zu vergleichen. Als er kurz stehen bleibt, um auf sie zu warten, steigt ihm der Duft ihrer Haare in die Nase. Was ist das für ein geheimnisvoller Duft? Zimt? Lavendel? Göttlich … Ihre Hand streift die seine, Haut an Haut, ein elektrischer Schlag durchzuckt seinen Körper. Wie gern er ihre Hand halten würde, während sie den Kiesweg zur Sternwarte hinaufgehen, doch es ist zu früh. Langsam, ganz langsam muss er sich ihr nähern, muss sie umgarnen. Er hat alle Trümpfe in der Hand, einmal abgesehen davon, dass ihm das gute Aussehen fehlt, aber was zählt das Aussehen eines Mannes angesichts seiner Leistungen und seiner überlegenen Männlichkeit? Ist er nicht ein kluger älterer Mann, ein Mann der Wissenschaft, der in die intimsten Geheimnisse der Natur eingeweiht ist und den Himmel selbst enthüllen kann? Die dunklen Silhouetten der Bäume, die sich leicht im sanften Abendwind wiegen, kommen ihm vor wie Leiber, die sich ihm darbieten. Er hat alle Trümpfe in der Hand; er wird geduldig sein.

»Das freut mich, Herr Schmeken«, sagt sie und zieht sich den Umhang enger um die Schultern. »Aber Sie müssen mir erklären, was ich in den Büchern gelesen habe. Werden Sie es mir erklären?«
»Ja«, sagt er und lächelt sie an. Sie ist sein. Er würde sie gern jetzt schon küssen. Selbst unter ihrem Umhang kann er sehen, wie ihre Brüste den Stoff ihres Kleides dehnen. Er möchte diese Brüste lecken, doch er wird noch ein Weilchen warten müssen. Anschließend wird er eine entscheidende Position des Objekts K mit der elongierten Umlaufbahn bestimmen. Das ist sein neuer Asteroid, der ihn berühmt machen wird. Er ist in Ekstase. Lenas Brüste, der neue Asteroid, Lenas Brüste, der neue Asteroid. Vor lauter Gefühlen ist ihm so schwindlig, dass er kaum auf dem Weg bleiben kann.
Um sich von seinem Zustand abzulenken, beginnt er zu sprechen, irgendetwas. »Wer war die Frau, die ich letzte Woche mit Ihnen in der Bibliothek gesehen habe?« Hat er sie in der Bibliothek zusammen mit einer Frau gesehen? Er kann sich nicht daran erinnern.
»Womöglich war es Fräulein Sylvia«, erwidert sie voll Liebreiz. »Das ist die Bibliothekarin für fremdsprachige Werke. War sie ziemlich groß?«
»Nein, groß war sie nicht.« Er kann kaum noch denken. Groß, klein, das ist ihm völlig egal, er plappert nur vor sich hin.
»Dann war es vielleicht Fräulein Brigitte.«
Sein Herz pocht. Außerdem hat er eine kolossale Erektion, mit der er kaum noch gehen kann, ein

Teleskop in der Hose. Er bringt kein Wort mehr über die Lippen, kann nur noch daran denken, ihre Brüste zu lecken. Und anschließend der Asteroid.

Hier muss ich abschweifen, um direkt auf den Unterschied zwischen küssen und lecken zu sprechen zu kommen, eine Frage, die wohlgemerkt nicht ich aufs Tapet gebracht habe, sondern Cunningham in seiner Fußnote, aber ich muss darauf antworten. Je länger ich darüber nachdenke, desto mehr wird mir klar, dass der Unterschied zwischen küssen und lecken keine Bagatelle ist. Es ist der Unterschied zwischen einer betulichen Romanze und ungestümer Leidenschaft, zwischen kalt und heiß, zwischen Stein und Blut, zwischen Geist und Körper. Küssen wir nicht mit dem Geist, wogegen wir mit dem Körper lecken? Wir küssen unsere Großeltern und Kinder und die uns allzu vertrauten Gatten. Küssen kann höflich sein, nicht nur ein Küsschen auf die Wange, sondern auch ein Kuss auf den Mund und sogar ein Zungenkuss, der sich durch den Gebrauch der Zunge allerdings dem echten Lecken annähert. Lecken hingegen ist niemals höflich. Lecken ist unfein, denn es bedeutet die völlige Hingabe an die Sexualität, an den Körper, an tierhafte Triebe und fließende Säfte. Lecken ist die Rückkehr zum Urzustand.

Vor allem aber kann ein Kuss auf die Verwendung der Zunge verzichten, das Lecken hingegen nicht; und die Zunge, nicht die Genitalien, ist das primäre Geschlechtsorgan. Im dritten Teil seiner *Philosophie im Boudoir* erwähnt der Marquis de Sade nicht weniger als elfmal *la langue* im Sinne der Zunge. Im folgenden beziehe ich mich auf die Seminararbeit einer meiner Studentinnen, die zur Gänze der Funktion der Zunge in der erotischen Literatur gewidmet ist. Laut meiner Studentin, die ausgiebig recherchiert hat, sind Essen und Sprechen eigentlich untergeordnete Funktionen der Zunge. Der Hauptzweck der Zunge ist der Sex. Womöglich wird die Evolutionslehre diese Annahme eines Tages bestätigen. Gäbe es keine Zunge, wäre die ganze Sexualität in Gefahr; womöglich hätten sich auf der Erde niemals fortgeschrittene Lebensformen entwickeln können und die Evolution wäre steckengeblieben. Nicht dass es höheren Tieren ohne Zunge unmöglich gewesen wäre, sich fortzupflanzen, sie hätten einfach keine Neigung dazu verspürt.

Zugegeben, manche dieser Spekulationen klingen absurd, aber doch nicht voll und ganz. Eines ist klar: Nichts ist sinnlicher, erotischer und erregender, als den Körper eines anderen Menschen zu *schmecken*. Umgekehrt gilt das auch dafür, die feuchte Liebkosung der Zunge zu empfangen, eines Organs, das listig an Orte vordringen kann, die kein anderes Forschungswerkzeug erreicht. In Shakespeares Lustspiel *Die beiden Veroneser* etwa sagt der Valentin: »Wahrhaftig, der Mann, der eine Zunge hat, ist kein Mann, wenn er mit dieser Zunge nicht ein Weib gewinnen kann.«

Schmeken – nein, von nun an muss ich ihn Ulrich nennen, ich fühle mich mit ihm auf Du und Du – war ein Lecker, da bin ich mir sicher. Ich glaube sogar, dass der Unterschied zwischen küssen und lecken den Schlüssel zum Verständnis Ulrichs darstellt, zu seinen Bedürfnissen und seinem Verhalten, zu seinem ganzen Wesen. Cunningham hat Ulrich überhaupt nicht verstanden. Falls die letzten zwanzig Seiten seines sechshundert Seiten starken Schinkens keine bemerkenswerte Offenbarung enthalten, hat Cunningham das Wesentliche nicht begriffen. Wenn ich ihn wiedersehe, werde ich mit ihm darüber sprechen müssen.

Zurück zu Ulrich und Lena. Die beiden gehen zur Sternwarte hinauf, die nun nur noch etwa hundert Meter von ihnen entfernt ist. Sie können die kleine, vom Sternenlicht beschienene Holztür an der Seite erkennen. Ulrich hat eine kolossale Erektion, er kann nur noch daran denken, ihre Brüste zu lecken und dann ihren restlichen Körper, daran, sie leidenschaftlich zu lieben; und anschließend der Asteroid. Und was denkt sie? Dem äußeren Anschein zum Trotz, also obwohl sie wie eine seiner hübschen jungen Gespielinnen wirkt, ist sie tatsächlich wesentlich gescheiter als er. Es ist ihr vorbestimmt, eine bekannte Biologin zu werden, wovon sie zu diesem Zeitpunkt allerdings noch nichts ahnt. Sie hat eingewilligt, ihm in dieser klaren, mondlosen Nacht zu seiner Sternwarte zu folgen, weil sie von ihm lernen will. Die Bücher in der Bibliothek haben sie geistig angeregt. Wahrscheinlich hat sie sich nicht vorstellen können, der hausbackene Herr Schmeken mit seiner schiefen Nase und seinem kleinen Schnurrbart, der fünfundzwanzig Jahre älter ist als sie, könnte möglicherweise irgendwelche romantischen Absichten hegen, schon gar nicht solche, von denen wir bereits gesprochen haben. Er kommt ihr harmlos vor, erscheint ihr als ein harmloser Gelehrter, der ihr als Mentor dienen kann.

Vielleicht jedoch begleitet sie ihn unter Vorspiegelung falscher Tatsachen. Vielleicht ahnt sie sein erotisches Kalkül und nutzt es zu ihrem eigenen Vorteil, indem sie das unschuldige Opfer nur spielt, weil es sie nach seinem astronomischen Wissen gelüstet. Womöglich reizt sie ihn, was nicht das erste Mal wäre, womöglich ist sie es, die das Heft in der Hand hat. Erst wird sie ihm bewundernde Fragen stellen und eventuell sogar einen Kuss zulassen, aber nicht mehr, dann wird sie alles, was er in seinem hässlichen Schädel birgt, an sich reißen, wird sein Gehirn aushöhlen. Sie wird ihm seinen wissenschaftlichen Verstand extrahieren.

Der arme Ulrich. Er hat die junge Frau, die ihm mit zwei Schritten Abstand folgt, ernsthaft unterschätzt. Ihm fallen nur noch schwellende Brüste und helle Asteroiden ein. Er träumt von einer Nacht mit zwei Geliebten, einer Frau und der Wissenschaft. Zuerst wird er diese Frau lieben und dann einen Asteroiden. Er hat keine Ahnung, dass sein Leben in wenigen Stunden ausgeblutet sein wird. Dann ist er nur noch die trockene Hülle einer Fliege in einem Spinnennetz.

3

Plaudernd und trinkend wogt die Menge hin und her, während wir auf den Beginn der Preisverleihung warten. Gerade hat jemand sich mit seiner Frau und seinen beiden Töchtern an meinen Tisch gesetzt. Auf seinem Namensschild steht »Michael Bisi«. Michael schielt auf mein Schild und streckt mir seine feuchte Hand hin. Ich erinnere mich nicht im mindesten an ihn. Mit seinen Nadelstreifen und seiner Fliege ähnelt er vage einem wesentlich flotteren französischen Kommilitonen namens Renault, der phantastisch Squash spielen konnte, aber wer weiß, wie Renault heute, nach dreißig Jahren, aussieht. Ich beispielsweise war Ringer, und mein Körper hat ordentlich Speck angesetzt, wenn auch auf seine ganz eigene Weise.

Michaels Gattin Louise ist eine stämmige Frau mit finsterem Blick und Haaren wie Stahlwolle. Auf ihr Namensschild hat sie den Namen ihres eigenen College gekritzelt. »Jetzt geht's wieder los«, seufzt sie, streift ihre Turnschuhe ab und reibt sich die roten, geschwollenen Füße. Sofort flüchten die beiden

halbwüchsigen Töchter ans andere Tischende. Sie tragen knappe, ärmellose Kleidchen und hochhackige Schuhe und werfen herablassende Blicke auf die Studenten, die als Kellner fungieren.
Während ich Michaels hübsche Töchter betrachte, sehne ich Emily herbei. Sie weiß nicht einmal, dass ich hier bin. Hätten Barbara und ich mehr Kinder bekommen, dann hätte mich vielleicht eines von ihnen begleitet. Auf der Suche nach jemandem, den ich kenne, schweift mein Blick durch die Menge, an den Tischen und Bierfässern vorbei zum Rand des Zelts, wo ich einen Ziegelbau sehe, den ich nicht kenne. Seit ich das letzte Mal hier war, hat sich der Campus sehr verändert. Ich fühle mich aus meiner eigenen Vergangenheit verbannt.
Ständig tritt irgendein alter Kommilitone zu Michael, klopft ihm auf den Rücken und tauscht mit ihm Visitenkarten. Wie läuft der Schuhhandel? Kann mich nicht beklagen, antwortet Michael. Ah, du hast jetzt auch einen Laden in Philadelphia, sagt jemand. Auch in Philadelphia trägt man Schuhe, erwidert Michael grinsend. Er hat vor, in Los Angeles und Houston Geschäfte zu eröffnen. Michael, der fast aus seinen Nadelstreifen platzt, riecht nach teurem Eau de Cologne. Wenn jemand an ihm vorbeikommt, wirft er einen Blick auf seine Schuhe, um festzustellen, ob er die Marke im Angebot hat. Florsheim, Bass, Johnston and Murphy, einige schicke Firmen aus Italien.
Michael lächelt, aber ich finde, er lächelt zu viel. Ich will ihm gerade erklären, dass ich mich in meiner

Haut außerordentlich wohl fühle, da bückt er sich und untersucht meine Schuhe, braune Budapester, die ich vor Jahren gekauft habe. Er drückt auf meine Zehen, dann betastet er die Seiten meiner Füße.
»Diese Marke führe ich nicht«, sagt er stirnrunzelnd. »Ich bin nicht sicher, wo die herkommen. Aber ich möchte dir einen Rat geben. Du brauchst mehr Unterstützung für das Fußgewölbe. Ich hab zwar schon wahnsinnig lange keine Schuhe mehr angepasst, aber ich weiß noch, wie das geht, das ist wie mit dem Fahrradfahren, und du brauchst mehr Unterstützung fürs Gewölbe. Das kannst du mir ruhig glauben.«
»Ich trage diese Schuhe schon seit Jahren«, sage ich. »Ich brauche keine neuen.«
»Du ruinierst dir die Füße«, sagt Michael. »Zuerst wirst du Probleme mit den Sehnen bekommen und dann mit dem Rücken. Das hängt alles zusammen.« Tatsächlich habe ich seit zwei Jahren Rückenschmerzen, aber ich werde Michael nicht die Befriedigung verschaffen, es ihm zu erzählen. Ächzend vor Anstrengung richtet er sich auf und wischt sich den Schweiß von seinem feisten Gesicht. Er trägt Joggingschuhe von Nike. »Damit geht man wie auf Wolken«, sagt er, als er meinen Blick sieht. »Mensch, ist mir heiß. Was ist mit dir? Das muss die Körperwärme sein. Im Zelt hier sind 'ne Menge Leute.« Er zieht sein Jackett aus und reicht mir seine Visitenkarte.
»Ich brauche keine neuen Schuhe«, wiederhole ich. Michael ist wirklich penetrant.

»Niemand hat behauptet, dass du neue Schuhe brauchst«, sagt Michael. »Ich habe bloß gesagt, du ruinierst dir die Füße. Über Stil habe ich übrigens auch nichts gesagt, nicht wahr, aber wenn ich sehe, was für Schuhe jemand trägt, kann ich eine Menge über ihn sagen.« Er wirft wieder einen Blick auf meine Füße. »Hast du mal Ganzaufnahmen von Ronald Reagan gesehen? Der hat immer Schuhe mit Kappen getragen, meistens schwarz.«
Allmählich bekomme ich Angst, dass Michael mir irgendwelche Schuhe verkaufen wird, bevor der lange Abend vorüber ist. Außerdem bin ich erschöpft von der sechsstündigen Autofahrt. Ich schiele zu den Nachbartischen hinüber, doch da sind alle Stühle belegt. Inzwischen hat sich eine weitere Familie an unseren Tisch gesetzt, irgendein nicht wiederzuerkennender Studienkollege mit Kindern und einer außerordentlich jungen Frau oder Freundin. Sie könnte leicht seine Tochter sein, aber ihre Hand liegt auf unmissverständliche Art und Weise auf seinem Oberschenkel, und die beiden haben sich mehrfach geküsst. Nun baut eine Band in einer Ecke des Zelts ihre Verstärker auf. Der Gitarrist spielt die ersten irren Töne eines Songs von Jimi Hendrix.

Ein Kommilitone, den ich gelegentlich treffe, Tom Zwicker, geht vorbei und begrüßt mich. Auf seinem Gesicht ist eine Falte, die das letzte Mal noch nicht da war. »Bist du allein?«, fragt Tom. Ich nicke. »Mist. Wollte Jenny nicht mitkommen?«

»Mit Jenny hab ich vor drei Jahren Schluss gemacht«, sage ich. »Wie läuft's bei dir?«
»Das mit Jenny tut mir leid.« Er zögert. »Im Oktober sind Mary und ich fünfundzwanzig Jahre verheiratet. Andrew hat gerade das College abgeschlossen. Er will Arzt werden wie sein Vater. Kara ist im letzten Highschooljahr. Wie die Zeit vergeht, nicht wahr? Ich bin jetzt Chefarzt der Chirurgie.«
»Glückwunsch«, sage ich.
»Ich hab den Artikel gelesen, den du vor ein paar Jahren für die *Washington Post* geschrieben hast. Großartig. Wen hast du da zitiert? Shakespeare, soweit ich mich erinnere. Shakespeare und der Kampf gegen die Rassendiskriminierung. Ihr Intellektuellen zieht Shakespeare wirklich in alles rein.« Tom lässt ein herzhaftes Lachen ertönen.
»Was hast du gegen Shakespeare?«, frage ich.
»Lass dir keine grauen Haare wachsen. Ich hab bloß einen Witz gemacht.« Tom lacht noch einmal. »Was hast du sonst noch veröffentlicht? Hast du je eins von deinen Gedichten untergebracht? Ich erinnere mich an die, die in *The Pig* erschienen sind. Nicht schlecht. Lass es mich wissen, wenn wieder was von dir erscheint. Natürlich halte ich auch selbst Ausschau.« Er hebt seinen Becher mit Bier, prostet mir vage zu und geht zu seinem Tisch zurück. Der kann mich mal. Ich möchte wissen, was Tom veröffentlicht hat.
»Ich trage dieses Ding nicht«, sagt Michaels Frau Louise plötzlich. Sie reißt sich den Schweinsrüssel vom Gesicht, knallt ihn auf den Tisch, greift nach

hinten und zieht den Ringelschwanz ab. »Deines kannst du ja aufbehalten, wenn du willst.«

»Komm schon, Louise«, sagt Michael, »sei kein Frosch.« Er sieht verletzt aus, als habe sie sich illoyal verhalten. Michael und ich tragen unsere Rüssel und Ringelschwänze. Alle hier tragen sie, in Orange und Gelb, den Collegefarben.

»Mom hat recht«, sagt eine von Michaels Töchtern am anderen Tischende. Sie nimmt Rüssel und Schwänzchen ab und lässt sie in eine Bierlache fallen. »Das Schweinezeug ist völlig bescheuert. Wieso könnt ihr nicht Löwe oder Zebra oder so was spielen?« Ihr Handy läutet, sie nimmt ab und spricht geheimnistuerisch in ihre Handtasche. Sie erinnert mich an Emily.

Ein junger studentischer Kellner mit Rüssel und Ringelschwanz kommt mit einem Krug Bier an unseren Tisch. Seine Stimme wird von der Ankündigung des ersten Preises übertönt – für den Mann mit dem wenigsten Haar. Etwa ein Dutzend Männer verlassen ihre klatschenden Angehörigen und gehen nach vorn. Im Flutlicht von den Zeltstangen glänzen ihre kahlen Köpfe.

»Louise«, sagt Michael.

»Was ist?«, murmelt Louise, ohne von der Zeitschrift aufzublicken, in der sie liest.

»Ich will später mit Ronnie und ein paar anderen noch ein bisschen weggehen. Ist das in Ordnung?«

»Mach, was du willst«, sagt Louise. »Ist mir egal.«

Michael wendet sich an mich. »Soll ich dir mal

erzählen, wie ich zum Schuhhandel gekommen bin?«

Er stamme von italienischen Einwanderern ab, erzählt mir Michael Bisi; sein Vater sei arm gewesen, seine Großväter ebenfalls. Alles Einzelhändler, die nie auf einen grünen Zweig gekommen seien. Kleider, Haushaltswaren, Autozubehör. Zu Geld ist Michaels Familie nie gekommen. Im Gästezimmer haben sich immer die unverkauften Waren gestapelt. Zum Abendessen gab es Bohnen und Mais aus der Dose und Pasta. Im Winter wurde der Großteil des Hauses abgeschlossen, und die Familie schlief auf dem Linoleumboden der Küche, wo der Ofen wärmte. Michael war aufgeweckt, er bekam ein Stipendium fürs College, und sein Vater erklärte ihm, das sei die letzte Hoffnung der Familie. Falls er keine reiche Frau heirate.
Am Ende hat Michael, wie er sagt, nicht des Geldes wegen geheiratet, sondern aus Liebe, und seither führe er eine wunderbare Ehe. Er wirft einen Blick auf Louise, die sich in ihrer Zeitschrift vergraben hat. Keinerlei Klagen, sagt er. Anderen Leuten gehe es schlechter. Am College hat er ein kaufmännisches Seminar belegt und dann einige Jahre nach seinem Studienabschluss einen kleinen Laden aufgemacht. Zuerst Haushaltswaren wie sein Vater, dann Schuhe. Ein entfernter Cousin hat ihm das Geld dafür geliehen. Als Michael eines Tages in einer Zeitschrift eine Abbildung neuer italienischer Schuhe sah, hatte er plötzlich eine Eingebung. Spitzenqualität war der

Schlüssel zum Erfolg, ein nicht zu großes Lager, eine gute Buchführung und ein saisonal angepasstes Angebot. Dann hat er einen Geschäftsführer für seinen ersten Laden eingestellt und einen zweiten aufgemacht, nicht ohne fünfzehn Stunden am Tag zu arbeiten. Inzwischen, siehe da, besitzt er siebenundzwanzig Geschäfte.

Es sieht so aus, als wäre Michael mit seiner Saga am Ende. Aber er fügt ein unerwartetes Detail an, einen Nachsatz, als wollte er den Eindruck korrigieren, er habe ein vorhersehbares Leben geführt. Vielleicht will er auch den anderen Studienkollegen am Tisch beeindrucken, der seiner zweiundzwanzigjährigen Freundin den Hintern streichelt, während er Michael und mir mitleidige Blicke zuwirft. Vor Louise hat es eine andere Frau gegeben, sagt Michael. Er macht eine Pause. Eine junge Frau, auf die er mit Mitte zwanzig getroffen ist, als sie beide zu einem Besuch in Boston waren. Weshalb erzählt Michael uns das? Ich geniere mich seinetwegen. Er hat sie zufällig am Eingang eines Parks getroffen, dann haben sie einige Stunden miteinander verbracht. Es war Mai. Sie sind im Park spazierengegangen, das war alles. Sie – Michael verschweigt ihren Namen – lebte in Kalifornien und musste nach Hause. Sie hat ihm einen Brief geschrieben, den Michael mit einem Telefonanruf beantwortet hat. Die beiden haben sich einige Minuten lang unterhalten. Als Michael aufgelegt hatte, ist ihm eingefallen, dass er ihr gewisse Dinge hatte sagen wollen, ohne es zu tun. Einige Wochen gingen ins Land, er hatte mit seinem neuen Laden zu tun.

Die beiden haben nie wieder miteinander gesprochen.

Nun ist Michael fertig. Er rückt seinen Schweinsrüssel zurecht und nimmt einen großen Schluck Bier.

Außer mir hat niemand Michaels Geschichte gelauscht, und auch ich hatte kein Interesse daran, bis er zum Ende gekommen ist, zu dem einzigen Teil, den ich ihm glaube. Bohnen und Mais aus der Dose, ein Nachtlager in der Küche, wo es warm ist? Hör mal, Michael, das glaube ich nicht. Das ist einfach zu edel. Ein heroischer Mythos, eine Erfindung, die du deiner Familie und deinen Freunden schon jahrelang erzählst und inzwischen zweifellos ausgeschmückt hast. Und die wunderbare Ehe? Schau dir deine Frau doch an! Die ist von allem gründlich angeödet, nicht nur von diesem Jubiläum, sondern auch von ihrem Leben und von dir. Ihr ganzes Gesicht strahlt Langeweile und Verachtung aus. Ich kann mir vorstellen, was sie jeden Tag tut, während du nach Los Angeles und Houston fliegst. Wenn die Mädchen in die Schule gegangen sind, wartet sie am Ende der langen Einfahrt auf die Post. Dann schaut sie sich im Fernsehen *Zeit der Sehnsucht* an, während sie rosa Nagellack auf ihre Zehennägel pinselt.

Aber der letzte Teil der Geschichte, in dem es um die junge Frau geht, die du einen Tag lang und dann nie wieder gesehen hast und die vielleicht die einzige Frau war, die du je geliebt hast, diese flüchtige Szene fühlt sich wahr an. Das ist eine echte Tragödie. Eine verpasste Gelegenheit, ein weggeworfenes Leben. Mit der Frau aus Kalifornien wärst du womöglich glücklich geworden. Ich glaube, seither denkst du immer an sie. Weshalb solltest du dich sonst an sie erinnern? Und vielleicht hat auch sie in all den Jahren an dich gedacht und an diesen einen Tag im Park. Nun jedoch ist sie in den Fünfzigern, wahrscheinlich verheiratet und hat Kinder. Die Blüte ihrer Jugend ist lange vorbei.

Ich frage mich: Hat Michael an jenem warmen Tag im Mai, vor vielen Jahren, möglicherweise gewusst, dass er an einem entscheidenden Wendepunkt stand? Ständig werden wir mit folgenschweren Möglichkeiten bombardiert, müssen eine Wahl treffen, aber zum jeweiligen Zeitpunkt nehmen wir sie meist nicht wahr. An jenem Frühlingstag im Mai ist Michaels Leben ohne Vorwarnung auf eine Bruchstelle zugeströmt wie ein Fluss, der auf die Mündung zweier Kanäle zurauscht und sich teilt, so dass er zur Hälfte in den einen und zur Hälfte in den anderen Kanal fließt. Diese Verzweigung kam jedoch ganz plötzlich, und Michael hat erst sehr viel weiter stromabwärts gemerkt, dass er eine Entscheidung getroffen hatte. Hätte er womöglich beide Kanäle ausprobieren und dann wieder stromaufwärts paddeln können, um den glücklicheren Weg zu wählen? Aber die Strömung war zu stark. Die Zeit fließt nur in eine Richtung. Ich glaube mich daran zu erinnern, dass irgendjemand, Kierkegaard vielleicht, gesagt hat, man könne das Leben nur rückwärts verstehen, leben jedoch müsse man es vorwärts.

Nein, damals kann Michael Bisi nicht gewusst haben, dass er in den falschen Arm des Stromes trieb. Louise mit ihrem Stahlwollehaar und ihrem ständig mürrischen Gesicht hat auf ihn gewartet. Womöglich gibt Michael sich noch immer der Illusion hin, er habe den besten Weg genommen. Vielleicht sagt er sich jedoch auch, es sei ohnehin egal, da unsere Hoffnungen doch nie Erfüllung fänden. War es nicht Calvino, der gesagt hat, Wünsche seien schon Erinnerungen?
Es ist offensichtlich, dass Michael unglücklich ist, aber entweder weiß er das nicht, oder er hat sein Unglück akzeptiert. Aber wenn er dieses Unglück nicht wahrnimmt, weshalb hat er mir dann diese Geschichte erzählt?
Vielleicht ist es einfach bloß Nostalgie. Alle, die hier versammelt sind, sehen zu, wie die Welt immer älter wird.

»Und deine Geschichte?«, fragt Michael mich lächelnd.
Wieder studiere ich sein Lächeln, und diesmal kann ich die Traurigkeit dahinter sehen. Die Frau aus Kalifornien, will ich ihm zuflüstern. Wo ist sie? Existiert sie überhaupt? Sie muss existieren, unbedingt. Ich stelle mir vor, wie Michael und sie an ihrem einzigen Tag zusammen im Park spazierengehen. Durch Zufall haben sie sich gerade erst kennengelernt und doch sofort erkannt, dass es etwas zwischen ihnen gibt.
Blasse Tulpen säumen den gewundenen Steinpfad,

samtig in der Nachmittagssonne. Ein Teich, blühende Bäume über den Köpfen der beiden. Ihre langsamen Schritte auf den Steinen klingen wie jemand, der leise an eine Tür klopft. Ist es nicht die Zukunft, die klopft? Nach einigen Minuten halten sie sich bei den Händen. Anders als Ulrich spielt er kein Kartenspiel; anders als Lena täuscht sie keine Schüchternheit vor. Ist es ungewöhnlich, wenn ein Mann und eine Frau sich bei den Händen halten, obwohl sie sich erst zehn Minuten kennen?
Tatsächlich sind Michael und die junge Frau aus Kalifornien selbst überrascht, dass sie so bald Hand in Hand gehen. Sie sind überrascht, was ihre Körper getan haben, und sie sind aufgeregt. Geschehen ist es so: Sie gehen Seite an Seite und wechseln ein paar Worte. Er sieht sie an, dann richtet er den Blick auf die Bäume. Sie sieht ihn an. Ein Windhauch spielt mit ihrem Haar. Unabsichtlich streifen sich die Hände der beiden. Ohne nachzudenken, hängt sie die Handtasche von der inneren auf die äußere Schulter. Er sieht sie wieder an und bewegt sich ein winziges Stück weit auf sie zu. Sie lässt ihren Körper leicht auf den seinen zutreiben. Wieder berühren sich die Hände, nur die Außenkanten zwischen Fingern und Handgelenken. Es ist nur eine sanfte Berührung, aber beide halten sie aufrecht. Nun sehen sie sich nicht mehr an; sie wollen sich zu dem Geheimnis der Berührung ihrer Hände nicht bekennen. Wenige Augenblicke später bemerkt er, dass seine Finger sich um ihre schlingen und ihre um die seinen.

Michael und die junge Frau spüren ein Kribbeln. Sie wissen, irgendetwas ist geschehen, obwohl beiden nicht einmal ansatzweise bewusst ist, dass die Kanäle sich vor ihnen verzweigen. Die Augen der jungen Frau haben die Farbe des Himmels. Sie studiere Medizin, sagt sie, und sie spiele Flöte. Er erzählt ihr von seiner Familie, seinem neuen Schuhgeschäft, seinem Traum, siebenundzwanzig Schuhgeschäfte zu besitzen. Was macht einen guten Schuh aus?, fragt sie ihn. Sie interessiert sich zwar nicht für Schuhe, aber sie weiß nicht, was sie sonst sagen soll, und sie will den Rand des Parks nicht erreichen. Sie spürt, wie aufgewühlt sie innerlich ist, und fragt sich, ob auch er aufgewühlt ist, aber das muss er einfach sein, schließlich hält er ihre Hand, oder etwa nicht? Oder stellt sie sich nur vor, dass seine Hand die ihre hält, so wie ich sie mir gerade vorstelle? Sie konzentriert sich auf diesen einzigen Berührungspunkt, auf die Finger, die sich umschlingen. Fast kann sie spüren, wie das Blut durch seine Finger pulsiert. Sie lebt vollständig in dieser Brücke der beiden Körper, der Verbindung ihrer Hände. Er ist so sanft, sympathisch und ehrlich.

Wie können sich solche Gefühle schon nach nur wenigen Minuten einstellen? Noch vor ein paar Minuten hatte sie bloß vor, an ihrem letzten Tag in Boston noch rasch durch den berühmten Park mit den Schwanenbooten zu gehen. Es sollte nur ein rascher Rundgang unter Fremden werden. Nun fragt sie sich bereits, ob sie ihren Rückflug nach Kalifornien verschieben und die nächste Studienwoche

verpassen soll. Aber das wäre unbesonnen. Was kommt ihr da bloß in den Sinn?
Immer weiter treiben die beiden dahin, kommen der Verzweigung der Kanäle immer näher.
Michael, sie ist da, sie ist da. Kannst du sie jetzt sehen, nach fünfundzwanzig Jahren Fahrt stromabwärts? Existiert sie? Wenn ich sie mir vorstellen kann, muss sie existieren.

»Und deine Geschichte?«, fragt Michael mich. Hat er mir die Frage nicht schon einmal gestellt? Ich habe nicht aufgepasst. Als ich den Blick senke, sehe ich in seinem großen Rubinring das winzige Spiegelbild meines Gesichts. Ich fühle mich wohl, sage ich, sauwohl. Na, jetzt habe ich es endlich sagen können. Der Grund, weshalb ich hier bin. Nun kann ich heimkehren, zurück in mein bequemes Leben. Jeder hier bringt mich durcheinander, Michael mit seiner falschen Entscheidung, Tom, der über mein Schreiben spottet, der laute Jimi Hendrix, der auf meinen Kopf einhämmert.
Ein neuer Preis wird aufgerufen: für den Mann mit den meisten Scheidungen. Unser Nachbar mit der vollbusigen, zweiundzwanzigjährigen Freundin hebt drei Finger, siegt jedoch nicht. Ein halbes Dutzend Leute erreichen dieselbe Punktzahl. Jemand ist viermal geschieden. Unter Beifall verbeugt sich der Sieger und erhält seine Urkunde. Der Ansager ruft: »Längste Erwähnung im *Who's Who in America*.« Jemand hat siebenunddreißig Zeilen zu bieten. »Hat sich am besten gehalten.« Diese Kategorie wird per

Abstimmung entschieden. Ärgerlicherweise haben mehrere Kommilitonen den Großteil ihres Haars und einen straffen Bauch behalten. Sie stolzieren zur Mitte des Zelts. Als man sie auffordert, das Hemd auszuziehen, gehorchen sie. Frauen und Freundinnen geben Kommentare ab und erzählen schlüpfrige Witze.

4

Am Samstagmorgen findet die Andacht statt. Die Sonne strömt durch die bunten Glasfenster der Kapelle und pinselt wandernde Gemälde auf den Holzboden. Hundertfünfzig von uns Kommilitonen sitzen zusammengedrängt auf unbequemen Stühlen. Der Kaplan ist bleich, ein Geist in einem Geisterhaus. »Seit Juni 1969 hat dieses Land sich verändert«, sagt der Kaplan. »Damals war eine unruhige Zeit. Die Seele der Nation war aufgewühlt.« Er fängt an, die Namen der Kommilitonen zu verlesen, die in den vergangenen dreißig Jahren gestorben sind. Wegen der vielen Glasfenster und der glatten Gipswände entsteht ein Widerhall in der Kapelle, so dass ich jeden Namen zweimal höre, als löschte der zweite den ersten aus, als würde die Geburt vom Tod aufgehoben. Zwischen den Namen hält der Kaplan inne, das Echo nimmt die Tilgung vor, in wenigen Sekunden kommt und geht ein Leben.

An einen der Verstorbenen erinnere ich mich, an Robby Talbot, den es mit vierzig Jahren getroffen hat. Ich sehe sein rotes Haar, seine Sommersprossen und seine leuchtenden Augen noch vor mir. An die Wand seines Zimmers im Wohnheim hatte Robby eine merkwürdige Karte gemalt, die Karte eines Ortes, den es nicht gab, eine Insel in Form einer Hand. Ihre Finger spreizten sich ins Meer. Solch eine lange, gewundene Küste sei unmöglich zu verteidigen, hat Robby gesagt, und viele Länder hätten die Insel überfallen, Remidia, Tiberina und andere imaginäre Staaten, an die ich mich nicht mehr erinnere. Da es auf der Insel jedoch nichts Wertvolles gebe, seien die Eroberer immer davongesegelt. Auf die Karte hatte Robby Täler und Berge, Seen und Wälder gezeichnet, und alles mit schwarzer Tinte in einer wunderschönen, geschwungenen Schrift mit Namen versehen. Sein Duktus war ganz zart.

Beim Lunch – es gibt Hamburger, Maiskolben, butteriges Kartoffelpüree und Krautsalat – erspähe ich Cunningham auf der anderen Seite des Hofs. Er hat einen Signiertisch aufgestellt, auf dem sich zu Dutzenden seine Biographie stapelt, doch niemand steht Schlange. Einsam und verlassen sitzt Cunningham an seinem Tisch und ist hinter den Stapeln dicker Bücher kaum zu sehen.

»Ralph!«, rufe ich ihm zu. Seine Augen leuchten auf. Drei sorgfältig auf dem Tisch angeordnete Federhalter sind einsatzbereit. Ob ich wohl ein Exemplar erwerben möchte? Nein, ich habe schon eins, er hat mir doch vor einigen Jahren das Buch geschickt, weiß er das denn nicht mehr?

»Aber du hast es nie rezensiert«, beklagt er sich. »Ich dachte, du schreibst gelegentlich Rezensionen.«

Ich werde mich auf keine Diskussion über Rezensionen einlassen und komme direkt auf mein Hauptanliegen zu sprechen. »Es heißt lecken, nicht küssen«, sage ich.

»Wovon redest du eigentlich?«

»Von Ulrich Schmeken und den jungen Damen.«

»Du hast es also gelesen?«, fragt er hoffnungsvoll. Er greift nach einem Füller, als wollte er mein Exemplar signieren. Aber ich habe mein Exemplar nicht dabei, ich habe es zu Hause gelassen.

Mir kommt in den Sinn, ich könnte der einzige Mensch auf Erden sein, der das Buch über Ulrich Schmeken gelesen hat. Angesichts dieser Erkenntnis bringe ich es nicht übers Herz, Cunningham zu erklären, dass er Schmeken meiner Meinung nach völlig missverstanden hat. Ich ziehe einen Stuhl herbei und setze mich neben ihn.

Natürlich will Cunningham über sein Buch sprechen. Er ist sogar zum Bersten voll von seinem Buch, als hätte er es gestern erst geschrieben. Ein seltsamer Bursche, dieser Ralph Cunningham. Er hat kein Gefühl für den grundlegenden Unterschied zwischen küssen und lecken, er hat die gewaltige sinnliche Leidenschaft seines biographischen Objekts nicht erfasst, und doch ist er leidenschaftlich, wenn es um sein Buch geht. Diesem Buch hat er sein Leben gewidmet, während er es geschrieben hat, lange Zeit danach und noch heute, da Hunderte unverkaufter Exemplare in seinem Keller verstauben.

In gewisser Weise hat Cunningham also ein vor Leidenschaft strotzendes Leben geführt. Ich frage mich, ob er sich gegenüber einer Frau je genauso leidenschaftlich gezeigt hat.
»Ich schreibe an einem neuen Buch«, sagt Cunningham.
»Worüber?«
»Über Ulrich Schmeken. Im Haus eines Großneffen in München hat man vor kurzem eine Reihe neuer Briefe entdeckt.«

Wir sitzen noch eine halbe Stunde beisammen, plaudern und erinnern uns an bestimmte Dinge aus unserer Studienzeit, aber noch immer findet *Ulrich Schmeken* keine Kunden. Allmählich wandern die Teilnehmer zu den Nachmittagsveranstaltungen ab. Mit einem resignierten Seufzen verlässt Cunningham seinen Tisch, und wir begeben uns auf einen gemächlichen Spaziergang über den Campus. Er ist glücklich, in Gesellschaft eines Menschen zu sein, der sein Buch gelesen hat. Ich bin gleichermaßen fasziniert und verblüfft von seinem Enthusiasmus für das neue Projekt.
Schon nach wenigen Augenblicken gehen wir unter dem steinernen Torbogen des Hofes hindurch und gelangen auf den diagonalen Weg zur Sporthalle. Ein Gebäude, nach dem ich Ausschau halte, ist abgebrannt, ein anderes hat man so drastisch umgebaut, dass ich es kaum wiedererkenne. Ein neues Wohnheim, ein neues Studentenzentrum, wo früher ein Garten war, eine Baumreihe anstelle einer Stein-

mauer. Das College hat sich verändert. Während wir schweigend über den Kiesweg gehen, lassen wir uns beide von der Gewohnheit lenken und erschließen Länge und Breite aus der Erinnerung von Armen und Beinen.

Im Schatten einer riesigen Weißeiche steht ein vertrauter Steinbau, dessen kühles Inneres Schutz vor der Sonne verspricht. Wir treten ein. Cunningham sagt etwas über eine Reise, die Ulrich Schmeken nach Frankreich unternommen habe. Während er auf das Geräusch eines Billardspiels am anderen Ende des Flurs zugeht, spricht er über die Schulter hinweg; ich höre halb zu, halb schaue ich mich nach dem Kuratoriumszimmer um, das sich meiner Erinnerung nach in diesem kleinen Gebäude befindet. Und ich finde es, dunkel, holzgetäfelt und nach Zitronenöl duftend. Hier bin ich allein. Eine zurückspringende Nische birgt seltene Bücher. An einer anderen Wand steht ein Modell des College, das nicht den heutigen Campus darstellt, sondern den vor Jahrzehnten, wie ich ihn kannte. Da sind der Baston Arch, wo die Piglets »Take Me Back« sangen, und die Steinmauer in der Nähe des Collegeladens, da sind die Zwillingsbauten von Prytaneion und Tholos, die ich auf dem Weg zum Unterricht oft bewundert habe. Dort stehen die Thayer Hall und das morsche, von Altersflecken triefende McMillan House, an dessen gotischer Steinfassade klapprige Fahrräder lehnen. Newton, Livesey, die Kapelle und jenseits des grasbewachsenen Hofs die Brandenberger Library. Ich bücke mich und spähe in die Fenster der Bibliothek. Im Lesesaal sehe ich mikroskopische Studenten sitzen, auf Wagen sind mikroskopische Bücher gestapelt, da hängt eine Uhr. Auf den Miniaturwegen entdecke ich Studenten, an die ich mich aus längst vergangener Zeit erinnere, winzig: Nick Blanchard, Wayne Manning, Phillipe Renault. Bäume, der Geruch feuchter Blätter in der Luft. Eine Wolke zieht durch die Luft.

Und dort, zwischen Davis und Smith Hall, mit gekreuzten Beinen unter einem Baum sitzend, sehe ich mich selbst. Meine Bücher liegen verstreut auf dem Boden; in der Hand halte ich den Brief einer jungen Frau. Auf dem Rasen weiter unten spielen zwei Studenten in Shorts und orange-gelben T-Shirts Frisbee, doch ich sehe sie nicht. Die Glocke der Kapelle schlägt die Stunde, doch ich höre sie nicht. Ich starre auf den Brief und denke an ihre Augen. Als ich den Kopf hebe, zerzaust mir ein Windstoß das Haar. Ich blicke auf und betrachte die kreuz und quer verlaufenden Wege, die Bleiglasfenster, die Steinreliefs, zwischen denen ich in den letzten Jahren glücklich gewesen bin. Sie hat sich an mich erinnert, sie hat mir geschrieben. Ich wende den Kopf, blicke nach oben, spüre eine ungeheure Weiße. Als ich auf mein Miniatur-Ich hinabblicke, frage ich mich, ob dieser winzige junge Mann das große Ich sehen kann. Der Wind erhascht einen Hut und trägt ihn über den Hof davon, an der Davis Hall vorbei auf den College Place.

Der junge Mann, der ich bin, hebt den Brief an sein Gesicht. Das weiche, beigefarbene Papier trägt ihren

Duft. Er ist sich sicher gewesen, sie würde ihn nach jenem kurzen Gespräch im Café vergessen. Stattdessen hat sie ihn eingeladen, sie tanzen zu sehen. Er hatte gedacht, dass er sie nie wiedersehen würde. Mittwoch. Er wird den Bus um elf Uhr nach New York nehmen. Das Seminar über amerikanische Lyrik wird er schwänzen.

Ständig muss er an sie denken, während er im Biologiekurs sitzt, seiner einzigen naturwissenschaftlichen Pflichtveranstaltung, die er immer wieder bis zu seinem letzten Studienjahr aufgeschoben hat. Der unerfreuliche Laborkurs findet in einem riesigen Untergeschoss statt, das mit Metallinstrumenten, Steintischen und Reihen schmutziger Spülbecken vollgestopft ist, von Neonröhren an der Decke grell erleuchtet wird und immerwährend nach vergälltem Alkohol riecht. Der Professor ist nie anwesend, so dass nur der schnöselige Tutor Fragen beantworten kann.

Charles stiert auf den Objektträger unter dem Mikroskop. Weiße Blutkörperchen, rote Blutkörperchen. Alle plattgedrückt und leblos, wo er sich doch so lebendig fühlt. Er stellt sich vor, wie sie in einem sexy Ballett-Trikot auf Zehenspitzen über einen rot und weiß karierten Boden tanzt. Musik in Bewegung. Sie schwebt, sie dreht sich um sich selbst. In ihr Haar schmiegt sich wie ein kleiner Vogel eine Lilie. Sie dreht sich um und sieht ihn an, ihren einzigen Zuschauer, der alleine in der ersten Reihe sitzt. Sie winkt ihm zu. Und dann tanzt er wie durch

Zauberhand mit ihr. Er springt durch die Luft, bewegt scherenartig die Beine. Er hält sie leicht an der Taille, während sie in der weißen Luft wirbelt und schwebt, seidenweich sein Gesicht streift.

Irgendwo hört er, wie er seinem Laborpartner wissenschaftliche Begriffe diktiert. *Mitochondrien. Vakuolen. Zytoplasma.* Die Namen sind das einzige, was ihm an diesem Kurs gefällt. Er liebt den Klang der Wörter, die schiere Struktur und die Bilder. *Pneumokokkus.* Er spürt einen weichen, feuchten, einhüllenden Mantel. *Homöostase.* Der Klang des *st* durchschneidet die Luft wie ein Messer und merzt alles aus, was auf der Welt nicht sicher und gewiss ist. *Endoplasmatisches Retikulum*, sein Lieblingsbegriff. Den könnte er ständig wiederholen. Endoplasmatisches Retikulum. Die weichen Silben von *endoplasmatisch* wiegen sich sanft wie Wellen, die an den Strand rauschen, dann werden sie von *Retikulum* rüde in tiefe, gewundene Rinnen geleitet. *Retikulum, Retikulitis, Retikulosos.* Er erfindet und fabuliert. Ein anderer Name: *Fibrillen.* Er stellt sich zarte kleine Waldtiere vor, die hinter Buschwerk flitzen und verschwinden, bevor man sie sehen kann. Sie hüpfen, sie spielen, sie stoßen winzige, hohe Schreie aus.

»Scheiße, was machst du da eigentlich?«, fragt Malcolm, sein pickliger Laborpartner. »Lass mich ans Mikroskop, dann kannst du aufschreiben.«

»Okay«, sagt Charles.

Unsanft packt Malcolm das Mikroskop, so dass die Scharfeinstellung verlorengeht, blickt über die

Schulter und betrachtet finster die Kursteilnehmer ein paar Labortische weiter. »Haltet bloß die Klappe, ihr bekifften Deppen, wir sind hier ernsthaft an der Arbeit.« Das Ziel seines Tadels ist ein halbes Dutzend Studenten, die ihre wissenschaftlichen Forschungen unterbrochen haben, um mit einer Laborpinzette einen Joint kreisen zu lassen. Zwischen den Zügen debattieren sie lautstark über die Bedeutung von »Lucy in the Sky with Diamonds«. *Tangerine trees and marmalade skies,* grölt der Tutor. Ist doch alles Obst. Obst. Blödsinn, sagt ein anderer Student. Schalt den Rauchmelder aus, du Trottel.

Jemand reicht Charles den Joint. Er zögert, weil er an seine Labornotizen denkt, die er zusammenfassen muss, an seinen Aufsatz in Geschichte, an das Ringkampftraining in einigen Stunden. Aber er will auf keinen Fall als bigotter Bücherwurm gelten. Rauchen oder nicht rauchen? Das ist die Frage. Ihm bleiben ungefähr sechs Sekunden, um eine Entscheidung zu treffen, bevor alle merken, dass er schon wieder über einer Entscheidung brütet. Was soll er tun? Wie lange hält er den Joint jetzt schon? Inzwischen ist das mit Speichel getränkte Papier bis zum Rand der Pinzette heruntergebrannt, die in seinen Händen heiß wird. Er schickt sich an, das Marihuana weiterzugeben, ohne zu rauchen, überlegt es sich anders und führt den Joint an seine Lippen; dann überlegt er es sich wieder anders.

»Ans Werk, Charlie!«, sagt jemand.

»Mein Mund war trocken«, sagt er. Er nimmt einen Zug und gibt den Joint weiter.

Juliana. Zwei Tage, bis er sie sehen kann. Wie kann er bis dahin überleben? In den vergangenen drei Jahren ist sein Liebesleben eine Wüste gewesen. Irgendetwas an ihm kann einfach nicht stimmen. Irgendetwas an ihm stimmt nicht. Er ist zu schüchtern, er ist zu ernsthaft. Geistreich ist er, aber sein Witz ist träge, und die originellen Entgegnungen fallen ihm immer erst ein, wenn es schon zu spät ist. Lisa, sein Schwarm im vorigen Studienjahr, hat ihn nach drei Verabredungen nicht mehr zurückgerufen. Ob er seinen Wehrpass verbrannt habe, hat ihn Lisa eines Abends gefragt. Wäre sie ein Typ, hat sie verkündet, würde sie das Ding verbrennen. Zwei Tage später ist ihm eingefallen, was er hätte sagen sollen: Wenn er ein Mädchen wäre, würde er verlangen, auch Wehrdienst leisten zu müssen.

Er hungert nach weiblicher Gesellschaft. Wieso ist dieses Bedürfnis so stark? Als er jünger war, in seiner Highschoolzeit, hat er gedacht, er könnte sich in seinen Büchern vergraben und damit zufrieden sein wie Emily Dickinson, die trotz einiger vorübergehender Schwärmereien für sich allein in ihrem Innern gelebt und fast ihr ganzes Leben in demselben Backsteinhaus verbracht hat. *Diese ekstatische Nation, such sie – du bist es selbst.* Sein Bedürfnis verwirrt ihn, demütigt ihn, bestätigt ihm, dass er doch nur ein Tier ist. Er ist eine Kuh, ein Hund, womöglich sogar nur ein Wurm. Ein Opfer der biologischen Evolution, das seinen eigenen Körper und sein eigenes Leben nicht unter Kontrolle hat. Bedeutet das, dass

E. D. nicht aus Fleisch und Blut war? War sie ein höherstehendes Wesen?
Ribosomen. Lysosomen. Er hört kaum zu. In seiner unleserlichen Handschrift schreibt er die Wörter ab, Silben, keine Wörter. Irgendwo wird eine Flasche Limonade geöffnet und schäumt wie ein Geysir. Es folgt ein Schwall aus Gelächter und Gekicher.
Juliana. Juliana. Ein Name, der melodischer klingt als alle biologischen Begriffe. Charles liebt den Klang ihres Namens. Er hat einen ausländischen Ton, eine Alliteration, die italienisch sein mag oder vielleicht auch spanisch. Aber dann würde das J wie ein H klingen. Diese kurzen, magischen Momente in jenem New Yorker Café nach ihrem Morgentraining. Auf ihren bloßen Armen hat der weiche Glanz von Schweiß gelegen, ihre Wangen waren gerötet. Strohblondes Haar ist ihr ums Gesicht getanzt wie Sonnenlicht auf Wasser. Und sie hat ihm geschrieben, sie hat ihn eingeladen, ihr beim Tanzen zuzuschauen.
Aber was ist, wenn sie bloß mit ihm spielt? Was ist, wenn sie sich damit verlustiert, junge Männer nach New York einzuladen, damit die hechelnd hinter ihr hergaloppieren? Vielleicht gibt es die Adresse, die sie ihm gegeben hat, gar nicht. Vielleicht wird sie sich als Anschrift eines Lagerhauses oder einer verlassenen Wohnanlage entpuppen. Nachdem er zwei Stunden im Bus nach New York verbracht hat, wird er in irgendeinem abbruchreifen Haus umhergehen, zerbrochenes Glas unter seinen Füßen knirschen hören und nichts im Herzen haben als die Aussicht

auf eine zweistündige Heimfahrt. Das ist ihm schon einmal widerfahren.
Er hasst dieses Bedürfnis nach weiblicher Nähe, denn dieses Bedürfnis hat ihm nur Qualen bereitet, und er wünscht sich, er könnte es sich ausreißen. Seine wenigen sexuellen Fummeleien sind innerhalb weniger Stunden aus seinem Körper entflohen, ohne eine Spur zu hinterlassen. Und dann wieder die Qualen. Er leidet, wie alle Tiere leiden.
Juliana, die entzückende Ballerina Juliana. Juliana, sei mein. Er wird ihr ein Gedicht schreiben. Er schlägt eine der hinteren Seiten seines Notizbuchs auf, notiert ein Wort voll Leidenschaft, streicht es durch und schreibt ein anderes Wort. Was kann er nur über sein Herz sagen? Ein Wort. Nur ein einziges Wort. Eine einzige Silbe.

Wie? Was zum Teufel geht da vor sich? Habe ich Halluzinationen? Offenbar träume ich. Ich muss mich setzen.
Bestimmt habe ich zum Lunch zu viel Bier getrunken. Wie viele Gläser habe ich getrunken? Zwei? Drei? Vielleicht bin ich aber auch verstört. Ja, das muss es sein. Ich habe mich verstören lassen, und jetzt bilde ich mir Dinge ein, weil ich verstört bin. Ich hätte nie zu diesem verstörenden und Unheil bringenden Treffen kommen sollen. Es ist Zeit, nach Hause zu fahren. Gleich morgen früh werde ich aufbrechen.
Juliana. Ja, ich erinnere mich. An alles.

In seinem Seminar über amerikanische Lyrik schreibt er an dem Gedicht weiter. Wie würde E. D. es machen? *Die Liebe ist wie das Leben – nur länger.* Das wäre ein großartiger Anfang, und er bewundert das bei E. D. immer wiederkehrende Motiv der Unsterblichkeit. Aber er hat sich noch nicht in Juliana verliebt. Vor allem will er nicht aufdringlich erscheinen. Außerdem hat eine Bekanntschaft von sechzig Minuten Dauer gewiss noch nicht die Stufe der Ewigkeit erreicht. Er war eine Stunde lang mit ihr zusammen. Eine Stunde Ewigkeit. Eine Stunde Ewigkeit. Ja, eine Anfangszeile! *Eine Stunde Ewigkeit.* Kein verfrühtes Liebesbekenntnis, keine Überhöhung der tatsächlich vergangenen Zeit, sondern eine metaphorische Aussage.

James Galloway, der Literaturprofessor, schreitet während seines Vortrags durch die Gänge zwischen den Tischen und bleibt ab und zu stehen, um sich sein modisch schulterlanges Haar zurückzustreichen. Galloway ist Mitte vierzig, gut aussehend und flott, hat jedoch schwere Augenlider. Über seinem Kopf hängt eine Wolke aus Traurigkeit. Er hält kurz inne, um einen Blick auf Charles' Gekritzel zu werfen, nickt, und geht weiter.

Charles ist nicht unglücklich, dass Professor Galloway diese Anfangszeile gesehen hat. *Eine Stunde Ewigkeit.* Vielleicht ist der Professor bereit, nach dem Unterricht darüber zu sprechen oder sie in seinem privaten Arbeitszimmer zu diskutieren, in das er gelegentlich Studenten einlädt. Unbewusst stellt Charles sich vor, wie er im vergangenen Winter in

Galloways Haus gewesen ist. Es war ein kalter Dezemberabend, und die Stiefel der Studenten haben im Schnee gequietscht und geknirscht, als sie von ihren Autos zur Haustür des Professors gegangen sind. Drinnen haben sie sich im Kreis auf den Boden gehockt, um über Literatur zu diskutieren und Marihuana zu rauchen. Wiederholt haben sie Galloways Frau aus dem Nebenzimmer herbeigerufen, aber die wollte sich nicht zu ihnen gesellen. Dann hat Galloway, der genauso bekifft war wie seine Schüler, laut seine eigenen unveröffentlichten Gedichte vorgelesen, die erstaunlich melancholisch und sentimental waren. Charles spürt, dass er etwas mit Galloway gemein hat, eine Art Unzufriedenheit mit dem Leben.

In diesem Augenblick lässt Galloway offenbar eine unorthodoxe und verblüffende Interpretation von Emily Dickinson vom Stapel, was Charles dazu bringt, von seinem Gedicht aufzuschauen.

»Dickinson war gegen das Establishment, noch bevor das Anti-Establishment erfunden wurde, schon ein Jahrhundert vor Ginsberg und Ferlinghetti war sie revolutionär.« Galloway legt eine Pause ein, als wartete er darauf, dass seine zeitgenössischen Anspielungen die Aufmerksamkeit erhalten, die sie verdienen. »*Sicher verwahrt in ihren Alabasterkammern*«, zitiert er laut,

Unberührt vom Morgen
Und vom Mittag unberührt –
Schlummert die sanftmütige Riege der

Auferstehung –
Sparren aus Seide
Und Dach aus Stein.

»Weiß jemand, um wen es sich bei der ›sanftmütigen Riege der Auferstehung‹ handelt?« Schweigen. Auf solche rhetorischen Fragen, auf die Galloway die Antwort schon parat hat, antwortet Charles nie. Er weigert sich, als Versuchskaninchen zu dienen. Aber er hört zu und beobachtet, was Galloway zu sagen hat. Galloway ist zwar respektlos, aber auch brillant, und Charles will so viel wie möglich von seinem Lehrer lernen. Am Tisch eines bestimmten Studenten verlangsamt der Professor seinen Schritt, beugt sich herab und sagt voller Wohlwollen: »Jonathan, wer ist die ›sanftmütige Riege der Auferstehung‹?« Jonathan zuckt mit den Achseln.

»Timothy.«

»Leute, die von den Toten auferstehen«, sagt Timothy und reibt sich den Unterkiefer. »Ich weiß nicht recht. Fragen Sie Jonathan.« Im Seminar erhebt sich träges Gelächter. Manche der Studenten sind noch vom Wochenende her verkatert.

»Wir sollten die Dinge nicht zu wörtlich nehmen«, sagt Galloway. Er klopft mit einem Kugelschreiber auf seinen Tisch und wartet geduldig auf eine Interpretation, die, wie jeder weiß, nicht kommen wird. Ein Anflug von Mitleid wandert über sein wohlgeformtes Gesicht. Was für leere Köpfe, denkt er gewiss. Köpfe, die er füllen muss, nicht nur mit Lyrik, sondern auch mit Leben. »Ich würde argumentieren«, sagt er, »dass es sich bei der ›Riege der Auferstehung‹ natürlich um die Jünger Christi handeln könnte, um Mitglieder der Kirche oder um Autoritätsfiguren im allgemeinen. Dickinson deutet an, dass diese Autorität ohnmächtig ist und, eingeschlossen in Steinsärge, den Lauf der Geschichte verschläft, während die Zeit weiterschreitet. Die Autorität ist nicht nur eingeschlossen, sondern ›sicher verwahrt‹. Sicher. Dickinson verspottet die Autorität.«

Wieder macht der Professor eine Pause, um zu weiteren Kommentaren zu ermutigen. Charles wartet ab. Inzwischen passt er scharf auf.

»Denken Sie auch an den letzten Vers des Gedichts: *Ach, welch Scharfsinn ging hier zugrunde!*« Einen Augenblick lang wendet sich Galloway ab und starrt auf die Bäume draußen vor dem Fenster. Vielleicht ist er in Gedanken verloren, vielleicht aber auch bloß überwältigt von seiner eigenen Analyse. »Eine wahrhaft scharfsinnige Autorität würde nie schlummern, während die Welt sich ereignet. Dickinson ist hier sarkastisch, nicht wahr? In Wirklichkeit meint sie genau das Gegenteil. Sie spielt darauf an, dass die Kirche, die Autorität an sich und die Regierung als solche Narren sind.« Galloway neigt leicht den Kopf und schreitet zu seinem Tisch zurück. Seine aus Guatemala stammenden Sandalen klatschen leise auf den Holzboden.

Charles kann sich nicht mehr beherrschen. Galloway ist zu weit gegangen. Emily Dickinson war weder eine Revolutionärin noch zynisch veranlagt, sie war einfach ein Freigeist und ein zutiefst spiritueller Mensch, wie Charles in seiner Abschlussarbeit zeigen wird. Er hebt die Hand und wird aufgerufen.

»Aber wenn der Scharfsinn zugrunde gegangen ist«, fragt Charles, »wie kann er dann schlafen? Bei der Riege der Auferstehung und den Personen, die den Scharfsinn darstellen, kann es sich nicht um dieselbe Gruppe handeln.« Schlicht und einfach. Er hat keinen leeren Kopf, den Galloway mit seinem langen Haar vollstopfen kann. Die Schärfe seiner Frage hängt schwer in der Luft. Vielleicht wird er selbst einmal Englischprofessor werden wie Galloway. Oder sogar ein Dichter oder Romancier. All seine Professoren haben ihm erklärt, er habe die Anlage zu einem guten Dichter und sei zum professionellen Schriftsteller berufen. Zwei Jahre hintereinander hat er beim Literaturwettbewerb des College den ersten Preis gewonnen. Wenn nur Juliana in diesem Augenblick bei ihm sein und hören könnte, wie er Galloway herausfordert!

»Ein gutes Argument«, sagt Galloway. »Möchte sich jemand zu diesem Kommentar äußern?«

Hinten im Raum erhebt ein älterer Student die Stimme, ohne die Hand zu heben. Er schreibt unter Professor Galloways Fittichen seine Dissertation und nimmt gelegentlich an dessen Seminaren fürs Grundstudium teil. Alle drehen sich auf ihren Stühlen um, um den Sprecher anzusehen. »Bestimmt meint Dickinson hier nicht, der Scharfsinn sei *wortwörtlich* zugrunde gegangen«, sagt der Doktorand.

»Sie drückt sich hier natürlich metaphorisch aus. Der Scharfsinn ist im Hinblick darauf zugrunde gegangen, dass er seine Wirksamkeit und Kraft verloren hat.«

»Richtig«, sagt Galloway.

Das ist alles. Mit einem Wort, mit ganzen zwei Silben zerschmettert. Charles hat alles zu wörtlich genommen, das ist ihm nun klar. Was hat er sich da bloß gedacht? Dumm, dumm, dumm. Mit Galloways Interpretation von E. D. ist er allerdings immer noch nicht einverstanden. Galloway ist wieder einmal in frevlerischer Stimmung und kommt damit durch. Wenn Charles bloß cleverer wäre, dann könnte er den Fehler in Galloways lächerlicher Interpretation finden.

»Ich nehme an, Sie alle kennen Wilder Pritzke da hinten«, sagt Professor Galloway. »Mr. Pritzke hat gerade gemeinsam mit mir einen Aufsatz über die letzten Verse in drei Gedichten von Robert Frost verfasst.«

Offenbar hat sich eine Abschrift des betreffenden Manuskripts frisch aus der Hand der Sekretärin auf dem Tisch des Professors eingefunden. Als Reverenz an seinen Doktoranden hebt Galloway den Stapel in die Höhe. Ungewollt fällt sein Blick dabei aufs Titelblatt. Ein Schatten huscht über sein Gesicht.

»Was ist denn das? Wilder Pritzke und James Galloway?« Offenbar sind diese Worte ihm unbewusst und unpassenderweise entschlüpft.

»Was ist was?«, fragt Mr. Pritzke von hinten.

»Nichts«, sagt Galloway. »Nicht der Rede wert.«
»Aber Sie haben etwas gesagt.« Pritzke steht auf. Er ist ein großer, dünner junger Mann mit blutunterlaufenen Augen, der gekleidet ist wie ein ungemachtes Bett. Charles sieht seine Hände zittern. »Sie haben doch die Verfasser des Aufsatzes vorgelesen, oder? Pritzke und Galloway. Was ist damit?«
Galloway lächelt. »Ich dachte, wir hätten das geklärt«, sagt er leise. In seiner Stimme liegt Bedauern, ja fast eine poetische Melancholie, als hätte er insgeheim schrecklich mit sich gerungen. »Wir sprechen nachher in meinem Büro darüber.«
»Nein, ich will jetzt darüber sprechen«, sagt Mr. Pritzke. »Haben Sie irgendwelche Schwierigkeiten mit den Namen auf dem Aufsatz?«
Sorgsam faltet Galloway das Manuskript und legt es unter einen Bücherstapel auf seinem Tisch. Er hat sich wieder in der Gewalt, aber es ist offenkundig, dass er Dinge sagen muss, die er lieber nicht sagen würde. Er hebt den Blick und betrachtet seine jungen Schützlinge, die plötzlich ungemein aufmerksam geworden sind. Dann sieht er Mr. Pritzke an. »Wir waren uns doch einig, dass mein Name als erster genannt wird«, sagt er freundlich. »Das haben wir letzte Woche vereinbart. Inzwischen haben Sie offenbar mit der Sekretärin gesprochen, nicht wahr?« Er macht eine Pause. »Falls keine gewichtigen Gründe dagegen sprechen, werden die Autoren wissenschaftlicher Aufsätze üblicherweise in alphabetischer Reihenfolge genannt.« Der letzte Kommentar ist nicht an Pritzke gerichtet, sondern

an seine Studenten, als hielte er ein kleines Tutorium ab, um etwa die Definition von *Synekdoche* zu erklären.

»Aber in diesem Fall sprechen tatsächlich gewichtige Gründe dagegen«, sagt der Doktorand. »Ich habe die Hauptarbeit geleistet.«

Diese Worte haben Galloway offenbar verletzt. Er lächelt verlegen. Aber worauf bezieht sich seine Verlegenheit – auf ihn selbst oder auf Mr. Pritzke? Der Professor zögert und sucht nach den richtigen Worten. »Von der Frage, wer die Hauptarbeit geleistet hat, einmal abgesehen«, sagt er und macht nun eine sehr lange Pause, als wolle er deutlich darauf hinweisen, dass er Pritzkes Behauptung in keiner Weise akzeptiert, dass sie geradezu absurd ist. Allerdings wird Galloway sich nicht auf eine derart kleinliche Debatte einlassen. Vielleicht will er Mr. Pritzke auch nicht demütigen. »Erinnern Sie sich an den Aufsatz von Gertrude DeMille, Robert Farley und Jennifer Eggers über Sandburg? Vor einigen Jahren, im *Journal of New Literary Criticism*, glaube ich. Mr. Farleys Name kam als erster, und alle dachten, Gertrude würde ihren Doktoranden allzu sehr herausstellen, damit er eine Dozentur ergattern könnte. Man war extrem misstrauisch, und Farley hat in diesem Jahr kein einziges Vorstellungsgespräch gehabt. Es wäre wesentlich besser gewesen, wenn der Name von Gertrude als erster gekommen wäre, also in alphabetischer Reihenfolge.«

»Bei allem Respekt«, sagt Pritzke, »das ist nicht dieselbe Situation.« Er hat einen Schritt auf Galloways Tisch zu gemacht. Im Gegensatz zu Galloway lächelt er nicht, ist jedoch nicht mehr so selbstsicher wie vorher. »Damals gab es drei Autoren; und ich glaube, auf dem Titel hieß es Farley, DeMille und Eggers, weder alphabetisch noch in umgekehrter alphabetischer Reihenfolge. Das zieht Aufmerksamkeit auf sich. Farley, Eggers und DeMille wäre nicht das geringste Problem gewesen.«

»Ich glaube, Sie irren sich«, sagt Galloway. »Es *hieß* Farley, Eggers und DeMille.«

Mr. Pritzke denkt nach. »Moment mal«, sagt er schließlich. »DeMille könnte man unter D einordnen oder auch unter M wie in de Mille. Stanley de Camp zum Beispiel kommt immer unter C, das ist Ihnen sicher bekannt. Wenn es sich in diesem Fall auch so verhält, dann ergibt Ihr Argument keinen Sinn.« An diesem kritischen Punkt geht Mr. Pritzke zur Tafel und schreibt »DeMille«, zieht einen Trennstrich durch den Namen und schreibt »de Mille« darunter.

»Ich kann Ihnen nicht folgen«, sagt Galloway. »Wenn de Mille unter M käme, dann stünden Farley, Eggers und de Mille trotzdem nicht in alphabetischer oder umgekehrter alphabetischer Reihenfolge.« Nun tritt Galloway zur Tafel und schreibt: »Farley, Eggers, de Mille.« Die Kreide quietscht schauderhaft. Dann listet er die drei Namen in jeder möglichen Reihenfolge auf, einschließlich des kleinen und des großen D. Das Quietschen ist unerträglich.

Der Doktorand sieht verwirrt aus. »Es hieß Farley,

DeMille und Eggers«, sagt er und zieht sich damit zu seiner ursprünglichen Behauptung zurück.

»Haben Sie schon von David Levy gehört?«, fragt Galloway.

Pritzkes Gesichtsausdruck verschwimmt, als würde er im Geiste eine Liste aller bekannten Literaturwissenschaftler durchblättern. Galloway fährt fort: »Leider ist vielen Leuten unbekannt, dass David Levy 1963 eine internationale Tagung der IAS geleitet hat, bei der es um die Frage der Namensnennung bei wissenschaftlichen Publikationen ging. Die Erkenntnisse und Empfehlungen der Kommission sind veröffentlicht, Sie sollten sie mal lesen. Dank Professor Levy sollte es in solchen Angelegenheiten keinen Streit mehr geben.«

Pritzke verdreht seine blutunterlaufenen Augen. »Bei allem Respekt, ich werde doch nicht vor den so genannten Empfehlungen irgendeiner – entschuldigen Sie den Ausdruck – bescheuerten Kommission zu Kreuze kriechen, die keine Ahnung hat, worum es hier geht. Es geht um Fairness. Es geht um das Machtmonopol zwischen Schüler und Lehrer. Es geht um Hierarchien und Klassensysteme. *Sie* waren es doch, der den Aufsatz von – ich zitiere – Farley, Eggers und DeMille aufs Tapet gebracht hat. *Sie* haben die Namen in der verkehrten Reihenfolge angeführt. Es hieß Farley, DeMille und Eggers. Ihr Argument ist absolut nicht stichhaltig.«

Galloway seufzt. Es ist ein eindrucksvolles Lamento. Offenbar leidet er an ziemlich vielen Dingen, denkt Charles, aber vielleicht will er seinen Studen-

ten auch demonstrieren, dass er leidet. Nach einigen Augenblicken lässt Galloway sich auf seinem Stuhl nieder, legt beide Hände nach oben gewandt auf den Tisch und schließt leicht die Augen. »Ich will Ihnen was sagen«, erklärt er schließlich. »Die Reihenfolge der Namen auf unserem Aufsatz wird Pritzke und Galloway lauten. Einverstanden?«
Das Seminar ist überwältigt von Professor Galloways scheinbar großmütiger Geste. Auch Pritzke ist überwältigt. Mit einem Satz hat Galloway den Sieg davongetragen und überdeutlich demonstriert, dass die Behauptung Pritzkes haltlos war. Seine eigene Güte und Noblesse hat er ebenfalls demonstriert. Aber er ist verwundet. Jeder kann sehen, dass er verwundet ist. Vielleicht tut er auch nur so, das ist Charles nicht klar. Schweigend packt Galloway seine Unterlagen zusammen. Während er das tut, beginnt die Uhr am Glockenturm zu schlagen. Die Stunde ist vorbei.

Charles beeilt sich, Professor Galloway einzuholen, der rasch die Steintreppe hinuntergeht und auf den Hof tritt. Es regnet. Im Regen sieht Galloway grau und einsam aus, wie König Lear, der soeben von seinem eigen Fleisch und Blut verraten wurde. Charles ruft seinen Namen. Galloway, der schon die Hälfte des diagonalen Wegs zurückgelegt hat, dreht sich um und weist ihn mit einer Handbewegung ab.
»›Eine Stunde Ewigkeit‹«, ruft Charles durch den dunklen Regenschauer. »Gefällt Ihnen das?«

»Ich hab jetzt keine Zeit«, ruft Galloway zurück, ohne stehenzubleiben. »Was ist das?«
»Die erste Zeile eines Gedichts, das ich gerade schreibe. An ein Mädchen.«
»Ein Liebesgedicht?« Galloway hält inne. »Schreiben Sie bloß nie Liebesgedichte.« Dann verschwindet er im Regen.

5

Charles bleiben zwanzig Minuten, um sich fürs Ringkampftraining bereitzumachen. Er betritt den Aufenthaltsraum seines Apartments im Wohnheim und begrüßt Wayne und dessen sechzehnjährige Freundin Missy, die auf der schmutzig grünen Couch liegen und knutschen.

»Na, was liegt an?«, fragt Wayne in seinem gewohnten, halb spöttischen Tonfall. Langsam stützt er sich auf die Ellbogen, dumpf und glasig, als tauchte er aus einem Meer aus Sirup auf. Wayne ist mit Muskeln bepackt, hat weit auseinanderstehende Augen und struppiges blondes Haar. Er trägt ein T-Shirt mit der Aufschrift »Fuck Me« und Bluejeans, die so zerfetzt sind, dass am Schritt und am Hintern die Unterhose durchscheint. Vom Stellungswechsel ihres Liebhabers überrumpelt, stellt Missy ihre Liebkosungen vorübergehend ein, schaut Wayne bewundernd in die Augen und schmiegt sich dann wieder an ihn.

»Ringen«, sagt Charles.

»Harter Bursche«, sagt Wayne mit belegter Stimme.

»Ehrlich, ihr seid echt harte Kerle. Ohne Scheiß. Mir fehlt der Mumm, mir dreimal pro Woche die Schulter ausrenken zu lassen.« Ohne Missy abzuschütteln, streckt er behutsam einen Arm aus und dreht die Stereoanlage an. *Purple haze was in my brain, lately things don't seem the same.*

Einen Moment lang stiert Charles neidisch auf Wayne und seine Freundin, dann wendet er den Blick ab. So neidisch er ist, er ist nicht neidisch genug, um mit Sechzehnjährigen anzubandeln. Seit einem Monat schleicht Missy sich jeden Nachmittag nach dem Unterricht an der Highschool des Ortes hierher. Inzwischen könnten ihre Eltern ihr täglich auf die Schliche kommen und Wayne aus dem College oder ins Gefängnis werfen lassen. Aber dafür hat Wayne eine Freundin und Charles hat keine.

»Ein neuer Typ auf der Abschussliste«, sagt Wayne und deutet auf die Liste mit den neuen Namen der in Vietnam getöteten Collegeabsolventen. »Hat Ellis Morgenstern geheißen. Hast du den gekannt?«

»Nein.« Charles erinnert sich vage an den Namen als den des Redakteurs einer Studentenzeitung.

»Er war zwei Jahre vor uns fertig.«

Eine Stunde Ewigkeit. Die Worte kommen Charles jetzt ziemlich theatralisch vor. Vielleicht sollte er das Gedicht ganz liegenlassen. Sein poetischer Drang, der noch vor wenigen Stunden so stark war, erlahmt merkwürdigerweise. Er wird nie Schriftsteller werden, nie ein Mann, den die Frauen lieben. Eigentlich kann er sich nicht vorstellen, überhaupt irgendetwas zu werden. Mit einem Mal fühlt er sich leer und elend, eine vertraute Empfindung, die jeden Wunsch, sich zu bewegen, schwinden lässt.

»Wieso gehst du mit Missy eigentlich nicht in dein Zimmer?«, ruft er, um die Musik zu übertönen.

»Jack ist da«, sagt Wayne, »und außerdem gefällt es uns hier draußen.« Missy kichert. »Stören wir dich?«

»Ach, macht doch, was ihr wollt. Ich hau sowieso gleich ab.«

»He, ich möchte wetten, du bist der einzige Dichter bei den Ringern«, sagt Wayne. »Stimmt's, oder hab ich recht?« Charles gibt keine Antwort. »Natürlich hab ich recht. Ich weiß, ihr habt zwei Ingenieure. Sind irgendwelche schwarzen Typen in der Mannschaft?«

»Keine Schwarzen.«

»Natürlich nicht«, sagt Wayne. »Weißt du, wie viele schwarze Studenten wir auf dem ganzen Campus haben? Ich hab nachgeschaut. Fünfundzwanzig. Das ist weniger als ein Prozent.«

»Scheiße.«

»Aber ehrlich. Hör mal, ich steig bei den Black Panthers ein, und ich brauche jemanden, der meinen Alten schreibt, um es ihnen mitzuteilen. Kannst du das machen? Schreib ein Gedicht für sie, wieso ich bei den Black Panthers eingestiegen bin.«

»Stimmt«, sagt Charles, »ihr Ingenieure lernt ja bloß, Zahlen zu schreiben.« Wayne ist schuld. Er macht blöde Witze, um Eindruck bei Missy zu schinden. Aber Missy braucht das gar nicht, die ist schon mächtig beeindruckt. Charles beäugt sie kurz und bemerkt, dass sie verschwitzt und wunderhübsch ist.

»Sei nett zu mir«, übertönt Wayne die Musik. »Ich hau hier bald ab.«

»Und was ist mit mir?«, fragt Missy.

»Echt und ehrlich«, sagt Wayne. »Bobby Kennedy. Martin Luther King. Von mir aus können sie mich als nächstes umlegen. Aber in Vietnam lass ich mich nicht umbringen. Dieses Land ist absolut am Arsch. Ich steig bei den Black Panthers ein. Die nehmen Weiße.«

»Hör auf zu quasseln«, sagt Missy.

Auf der Trainingsmatte versucht er, nicht über sein Leben nachzudenken. Konzentriert sich nur auf die Haltung des Oberkörpers, auf Arme und Beine, auf Stellen, an denen er Griffe ansetzen kann, um die Hebelkraft seines Eigengewichts für einen Wurf zu nutzen. Nach fünf Minuten ist er von Schweiß bedeckt, der auf die Matte tropft. Das Ringen verschafft ihm ein gutes Gefühl, selbst der Schmerz dort, wo man ihm die Arme verdreht hat. Jetzt ist er in seinem Körper. Ein Pfiff. Sein Gegner, ein Mannschaftskamerad, ist einige Pfund schwerer, aber nicht so flink wie er. Charles stürzt sich blitzschnell auf ihn, packt ein Bein, macht eine Drehung. Neben ihm brüllt jemand. Er löst sich, setzt einen neuen Griff an. Sein Körper ist jetzt in Bewegung, eine kraftvolle Maschine, die nicht nur Kraft besitzt, sondern auch Schnelligkeit und List. Er denkt nur daran, seinen Körper zu bewegen und sein Gewicht einzusetzen. Ihm kommt in den Sinn, dass er mit seinem Körper ein Gedicht schreibt, ein Gedicht aus Brutalität und Wahrheit. *Eine Stunde Ewigkeit.* Wer braucht schon Ewigkeit? Nur auf diese Sekunde kommt es an, nur auf die Kraft seines Körpers. Muskeln, Sehnen, Fleisch. Der Studienabschluss ist ebenso gleichgültig wie das Jahr danach oder der ungewisse Beruf, der dann wartet. Wahrscheinlich wird er ohnehin einberufen und nach Vietnam geschickt, ins irre Land der Flammen. Vielleicht hätte er doch seinen Wehrpass verbrennen und nach Kanada ziehen sollen wie einige seiner Freunde. Er ist ein Feigling, er weiß nicht, woran er glaubt. Der unbestimmte Widerwille gegen seine Zukunft erstreckt sich in Form unzähliger Sandkörner oder winziger Silben bis zur Unendlichkeit. Er wird nicht sehr lange leben. Selbst morgen ist bedeutungslos oder die nächste Stunde. Das Einzige, was existiert, ist diese Sekunde. Vielleicht ist selbst eine Sekunde zu lang, eine Sekunde kann in tausend Glassplitter unterteilt werden. Er existiert nur im Splitter einer Sekunde. Rote Tropfen sprenkeln die Matte wie ein rot fallender Regen. Eine blutende Nase oder ein Kratzer durch einen Fingernagel, den man hätte schneiden sollen. Jetzt sind sie unten in der feuchten Röte. Sein Blick zuckt über die Tribüne, über Reihen leerer Sitze. Er ist beschäftigt. Er windet sich, packt zu, übt Druck aus. Er kümmert sich nicht einmal darum, seinen Gegner auf den Boden zu drücken. Er ist eine Maschine; kein Tier, sondern eine listige Maschine. Er übt Druck aus, knirscht mit den Zähnen auf dem

Mundschutz. Jemand schreit auf, vielleicht sein Gegner. Er packt nur fester zu, drückt stärker, immer stärker. Wieder Schreie. Warum schulterst du ihn nicht endlich?, ruft jemand. Er drückt stärker und stärker. Die Schreie überschwemmen seinen Verstand, besänftigen seinen Geist wie sanfter Wind. Er lässt los. Er lässt los. Er lässt los.
An diesem Abend sucht er die Bibliothek auf, geduscht und ruhig. Er liebt die Ruhe der Bibliothek, die verschwiegenen, von Messinglampen erleuchteten Lesesäle, den Heimweg durch das College-Gelände spät abends. Heute tritt er mit einem Buch über Ballett durch die Tür. Dem leisen Geräusch seiner Schritte lauschend, durchquert er den Campus und betritt durch eine Seitentür das Physikgebäude. Die verwitterte Steintreppe hinab ins Untergeschoss, zum Ende eines Flurs und in den dunklen Lagerraum, den geheimen Ort. Drinnen zündet er eine Kerze an und schließt die schwere Stahltür. Stille. Seltsame Gegenstände flackern auf Regalen, glasig, metallisch. Eine glänzende Drahtrolle windet sich um eine geschwungene Glocke. Sein Buch flackert, ein Glossar mit Begriffen, die er sich bis Mittwoch einzuprägen versucht. *Arabesque. Battement. Batterie. Bourrée. Cabriole. Cambré …* Er stellt sich vor, wie ihr Körper jede einzelne Bewegung ausführt, flink wie das Licht. Göttliche Juliana. Erfülle seinen Körper und sein Herz.

Irgendwie dauert dieser hartnäckige Traum immer weiter an. Aber ich bin wach, ich weiß, dass ich wach

bin. Ich berühre eine Wand. Ich berühre mein Gesicht. Weshalb stehe ich eigentlich hier an diesem Ort und beobachte diese Halluzination?
Aber ... da war ich! Das war ich selbst. Ich war herrlich. Das hatte ich völlig vergessen. Ich war schön. Mein Körper beim Ringen, das war ich, mein Körper, glänzend vor Schweiß, so stark und muskulös und ... herrlich. Das hatte ich vergessen. Und jung. Kann ich jemals so jung gewesen sein? Keine Furche auf meiner Stirn, kein Fältchen um die Augen. Ein dichter Haarschopf, breite Schultern, aufrechte Haltung. Ein flacher, straffer Bauch. Am liebsten würde ich losheulen. Ich muss mich setzen. Mit diesem Kerl auf der Matte bin ich gnadenlos umgesprungen. Ehrlich gesagt, hätte ich früher loslassen können. Ich hätte früher loslassen sollen. Ich war ein grausamer Dreckskerl. Aber es war ein Ringkampf, oder etwa nicht? Bei Ringkämpfen fügt man Schmerzen zu. Man tut jemandem weh und erwartet dasselbe. Schließlich war es beim Training, beim Studentensport, zwei junge Burschen, die nach den Regeln miteinander kämpften, die sich nicht hassten, sondern bloß regelgerecht kämpften. Mein Gott, war ich kräftig. Ich war ein Riese. Mit einer endlosen Zukunft vor mir, einem Kontinent voll frischem, unberührtem Schnee.
Und den Gang zur Bibliothek vor dem Treffen mit Juliana hatte ich völlig vergessen. Ein guter Instinkt. Zwar erinnere ich mich nicht, in diesem Alter irgendetwas über Frauen gewusst zu haben, aber offenbar wusste ich doch etwas. Gut gemacht. Eine

Frau will spüren, dass man sich für sie interessiert. Selbst wenn man kein echtes Interesse hat, selbst wenn man sich nur aus Eigennutz für sie interessiert, weil man seine elenden Bedürfnisse befriedigen will, muss sie spüren, dass man sich für sie interessiert. Man muss wissen, was man dazu braucht, und wie man es beschaffen kann. Obwohl ich verwirrt war und mich über meine Bedürfnisse ärgerte, habe ich gewusst, worin sie bestanden, und mich mit guten Instinkten darum gekümmert. Gut gemacht.

Trotzdem habe ich eigentlich keinen Grund zu prahlen. Besäße ich mit all dem, was ich inzwischen weiß, jetzt eine derartige Energie und einen solchen Körper, könnte ich alles tun. Dieser junge Kerl hat sein gutes Aussehen vergeudet. Er hat seine Stärke verschwendet, seine ungezähmte sexuelle Kraft. Die Frauen hätten mir schmachtend zu Füßen liegen sollen. Jede junge Frau, die ich gewollt hätte, nicht bloß die Highschool-Teenies mit ihrem Starkult, die hässlichen Entlein, die mit jedem zum Rücksitz watschelten, oder die selbstgerechten Lisas, die nur mit der politischen Einstellung eines Knaben ins Bett gingen.

Lisa. Heute erinnere ich mich nur noch vage an sie. Was hat sie sich bloß eingebildet? Ich gebe zu, was offensichtlich ist: Ich habe meinen Wehrpass nicht verbrannt. Ich bin nicht den extremistischen »Studenten für eine demokratische Gesellschaft« beigetreten, die in meinem dritten Studienjahr einen Teil des ROTC-Gebäudes verwüsteten. Ich habe mein Studium nicht abgebrochen, um bei den Black

Panthers einzusteigen. Und ich habe nicht vor, mich deshalb schlecht zu fühlen. Natürlich habe ich weder den Vietnamkrieg gutgeheißen noch die Rassendiskriminierung oder die unzähligen anderen Formen sozialer Ungerechtigkeit. In keiner Weise. Ich hatte meine Ideale. Aber ich hatte nicht vor, mich an irgendeine Sache dranzuhängen, bloß weil alle anderen das taten.

Eine Menge von diesem Zeug war Mode, war das, was gerade »in« war. Nehmen wir mal die Burschen, die ihren Wehrpass verbrannt haben. Effekthascherei. Sie wollten Aufmerksamkeit, waren erregt von Feuer und Asche. Was haben sie mit ihrer Tat bewirkt? Manche von ihnen hat man ins Gefängnis geworfen, vielen hat man ihr Leben lang den Zutritt zum öffentlichen Dienst verweigert. Zumindest hat man sie davon abgehalten, ihr Studium fortzusetzen. Ich möchte wetten, es hat dem Militär nicht das kleinste bisschen geschadet, dass ein paar elitäre Collegestudenten ihren Wehrpass verbrannt haben. Ich sage: Drück erst ab, wenn du den Gegner direkt vor der Flinte hast. Es war eine Mode, ein Sommergewitter, das innerhalb einer Stunde fünfzehn Zentimeter Regen abgeladen hat und dann weitergezogen ist.

Ja, ich hatte meine Ideale, aber ich hatte nicht vor, mich mit Benzin zu übergießen und ein Streichholz anzureißen, schon gar nicht wegen einer Mode. Ich war kein Mitläufer. Übrigens war das auch Ralph Cunningham nicht, so schlaff er auch gewesen ist. Gerade eben höre ich ihn im Nebenzimmer mit jemandem sprechen. Ich höre das Klacken aufeinanderprallender Billardkugeln. Offenbar spielt Cunningham mit ein paar anderen pflichtvergessenen Kommilitonen Pool. Sie lachen, klopfen mit ihren Billardstöcken auf den Boden, lassen sie mit lautem Knall auf die Kugeln krachen. Ich bin froh, dass Cunningham eine Weile von seiner fixen Idee abgelenkt ist. Er braucht eine Pause.

Aber ich war ja gerade dabei, über Anführer und Mitläufer zu sprechen. Nehmen wir einmal meinen Zimmergenossen Wayne Manning. Dem Anschein nach war Wayne ein besorgter Staatsbürger und eine Führerfigur, in Wirklichkeit bloß ein Gammler. Ich erinnere mich an Wayne. Ich weiß noch, wie Wayne das Lustgestöhn der Mädchen, mit denen er Sex hatte, auf Kassette aufgenommen hat, um es an Footballwochenenden aus dem offenen Fenster dröhnen zu lassen. Ich erinnere mich an den Abend, an dem Wayne wütend ins Zimmer kam, weil man ihm in der Verwaltung den Blick in seine Empfehlungsbriefe verweigert hatte. Daraufhin brachte er ein paar Burschen dazu, gemeinsam mit ihm so zu tun, als hätten sie den Aktenschrank der College-Verwaltung aufgebrochen. Das sind meine verfluchten Akten, sagte Wayne. Er band sich einen Strick mit ein paar Thunfischdosen um den Bauch, zog das Zeug mitten in der Nacht rasselnd und scheppernd über den Campus und hisste am Fahnenmast eine Aktenschrankattrappe.

Wie kann man einen solchen Gammler ernstnehmen? Was Wayne tat, tat er des Anscheins wegen. Ich glaube nicht, dass er irgendwelche echten Prinzipien hatte. Wayne hat sich auf die Black Panthers gestürzt wie auf alles andere, wie ein Schuss aus einer mit kleinen Wayne-Manning-Kügelchen geladenen Schrotflinte, die auf alles feuerte, was sich bewegte. Selbst als Wayne später in jenem Jahr tatsächlich den Black Panthers beigetreten ist, wodurch er sein Ingenieursdiplom auf den Müll geworfen und sich die Zukunft verschissen hat, hat er das mit Sicherheit nur des Anscheins wegen getan, aus irgendeiner typischen Gammleridee heraus. Und wo ist Wayne jetzt? Was hat ihm die ganze Prinzipienreiterei im Leben gebracht? Wayne Manning ist vom Erdboden verschwunden.

Hatte ich meine eigenen Prinzipien? Bestimmt, so naiv und gefühlsduselig sie auch waren. *Ich starb um Schönheit – und war kaum zurechtgerückt im Grab, als einen, der um Wahrheit starb, man mir zum Kammernachbarn gab.* Emily Dickinson. Ich erinnere mich. Die grinsenden Wasserspeier über den Torbögen. Das Geräusch des Regens, der an die Mansardenfenster von Higinson Hall trommelte. Die Nachmittagssonne, die zwischen Davis und Smith Hall vom Himmel strahlte und die Spitzen der Begrenzungspfosten glänzen und schillern ließ wie eine Reihe weißer Wellen. Ich sitze mit einem Gedichtband unter einem Baum. Die Glocke der Kapelle schlägt die Stunde. Welche Stunde? Die Stunde alles Vergangenen. Die Stunde der sich demnächst verzweigenden Kanäle.

Schon bevor er den alternden Backsteinbau betritt, hört er ein Klavier. Er lauscht. Als er den Blick hebt, sieht er drei Stockwerke über seinem Kopf ein offenes Fenster. Beschwingt strömt die Musik durch die Luft herab und vermischt sich mit dem Duft von Schweinebraten und Pastellas aus dem spanischen Laden im Erdgeschoss. Die Straße sieht verlassen aus. Gelegentlich saust ein Wagen auf seinem Weg irgendwo andershin vorbei. Eine Frau, die trotz der Wärme ein schweres wollenes Schultertuch trägt, lehnt zusammengesunken am Pfosten der Bushaltestelle an der Ecke. Noch einmal überprüft er die Adresse. An der Fassade des Gebäudes hängt ein kleines Schild, fast verborgen von einer Warenliste des spanischen Ladens: »Tanzstudio Morla Magay.« Das Blut pocht ihm in den Ohren, als er die Steintreppe emporsteigt. *Mein Herz flog so zu dir, es konnt' nicht warten auf mein Säumen hier.*

Im zweiten Stock hocken alte Männer und Frauen auf dem Treppenabsatz, gelangweilt und bedürftig, als warteten sie auf Essenmarken. Er muss über jemanden hinübersteigen, um die nächste Treppenstufe zu erreichen. »Morla Magay?«, fragt er. Eine Frau zuckt die Achseln, dann zeigt sie nach oben. Geleitet vom vollen Klang des Klaviers, geht er weiter.

Mit seiner sechs Meter hohen Decke und den riesigen Fenstern zur Straße hin ist das Studio ein Meer aus Licht und Luft. An zwei Wänden Spiegel, an einer dritten abblätternde Farbe. Er sieht sie sofort. Sie ist in Bewegung. Mit drei anderen Ballerinen

tanzt sie durch den Raum. Die Füße auf dem Holzboden klingen wie ein im Wind knatterndes Segel.
»Setzen Sie sich«, sagt eine Frau in Trikot und Turnhose. Ein halbes Dutzend Tänzer und Tänzerinnen sitzen ungezwungen auf dem Boden und beobachten schweigend die Probe. Andere üben ruhig in den Ecken, verdrehen ihren Körper in unmöglichen Stellungen. Ein Tänzer biegt sein Bein hinter dem Rücken bis zur Schulter und fasst mit der Hand seine Zehen, ein anderer macht einen Kopfstand an der Wand. Der Raum riecht nach Schweiß und Parfüm.
»Mädels«, sagt der Ballettmeister. Das Piano hält inne. Der Ballettmeister ist ein kahlköpfiger Mann mit einer kurzen Zigarette. »Ihr habt Finger. Eure Hände sind keine Bretter. Ihr sprecht mit eurem Körper. Also, los geht's.« Der Ballettmeister klatscht mit den Händen den Takt. Klapp, klapp, klapp. Eins, zwei, drei. »Kopf zurück, Miss Lydia.« Er macht es vor, erstaunlich anmutig für einen Mann in den Fünfzigern. Mit geschlossenen Augen, den winzigen Zigarettenstummel im Mund, macht er drei kleine Schritte. Seine Arme schwingen hinter ihm her wie in einem Bach schwankende Wasserpflanzen. Alle Augen richten sich gebannt auf den Ballettmeister. »Also, los geht's. Aus den *Cecchetti*.« Der Pianist blickt von dem Taschenbuch auf, das er neben den Notenblättern liegen hat, und beginnt wieder zu spielen. Die Körper werden zu Geometrie in Bewegung.
Sie hat ihn nicht gesehen. Offenbar sieht sie nichts, wenn sie tanzt.

Im Gegensatz dazu kann er den Blick nicht von ihr abwenden. Von den vier Tänzerinnen bewegt sie sich am flüssigsten. Auf den Zehenspitzen eines Fußes stehend, hebt sie ihr freies Bein, bis es zur Seite deutet wie ein Pfeil; ein Arm hängt rückwärts herab, während der andere gestreckt nach oben fließt. Sie ist eine Mischung aus Bogen und Winkeln. Sekunden später hat sie sich in eine andere Form verwandelt. Ein Bein beugt sich am Knie und legt sich quer über ihr Standbein, ihre Arme bilden eine kreisförmige Umarmung. Wie er sich wünscht, in dieser Umarmung zu stehen! Nun schmiegen sich ihre Füße flach an den Boden, ihre Beine beugen sich leicht an den Knien, die Arme senken sich, dann steht sie wieder auf den Zehenspitzen. Sie sinkt herab, rollt sich zusammen wie eine Sprungfeder, springt in die Luft, und als sie landet, berührt die Ferse des einen Fußes die Zehen des anderen.

Wie flatternde Flügel bewegen sich die vier Tänzerinnen über den Boden, hin und her, rundherum. Das Bild, das sie bieten, verändert sich ständig. Manchmal werden sie zu einer Reihe Schneeflocken, manchmal sind sie Vögel im Käfig, die flügelschlagend um ihre Freiheit kämpfen. Winkel und Bogen. Fest und flüssig. Filigranes Licht, das durch Bäume rieselt. Sein Herz kann die Bilder und Töne gar nicht alle in sich aufnehmen. Nach einigen Minuten atmen die Tänzerinnen, als wäre im Raum kein Sauerstoff mehr übrig.

In der Pause kommt sie zu ihm. Ihr Gesicht und ihr Hals glühen. Sie lächelt. »Na also, du hast mich gefunden.« Sie nimmt einen langen Zug aus einer Thermosflasche. »Diese Woche gehöre ich zum Corps«, sagt sie zwischen schweren Atemzügen. »Nächste Woche bin ich die Odette. Sie ist die Schwanenkönigin.« Sie nimmt noch einen Schluck und tupft sich mit einem Papiertaschentuch das Gesicht ab. »Hat es dir gefallen?«

Er kann kaum ausdrücken, was er fühlt. »Du tanzt ...« Alles, was er sich in der Bibliothek angeeignet hat, hat er vergessen.

»Bis zur kommenden Woche werde ich ein Pfund abnehmen.« Sie dreht sich um und betrachtet sich im nächsten Spiegel. »Für die Odette komme ich runter auf vierundneunzig Pfund.«

Eine der Tänzerinnen, eine ausgezehrte junge Frau mit riesigen blauen Augen und kalkweißen Wangen, kommt sichtlich hinkend herbei und stellt sich vor. Sie heißt Lynn, und sie spricht mit britischem Akzent. »Heute morgen hab ich blaugemacht«, sagt sie zu Juliana. »Und ich spür's am ganzen Körper. Meine Sehnen brennen wie verrückt. Tony weiß, dass ich nicht da war. So etwas merkt er. Hast du gesehen, wie er mir mit dem Finger gedroht hat?«

»Tony unternimmt nichts, solange man nicht zweimal nacheinander fehlt«, sagt Juliana. »Ich hab ein paar Benzos für die Sehnen. Du kannst eine haben, wenn du willst. Ich hab heute morgen zwei genommen.«

»Bist du verrückt? Als ich das letzte Mal Benzos genommen hab, hatte ich vier Monate lang keine Periode. Du wirst dich noch umbringen.« Lynn bückt sich und streichelt den mageren Hund zu ihren Füßen, dann isst sie eine Karotte und gibt eine ihrem Hund. »Es ist dermaßen heiß, ich fließe fast davon. Und in zwei Monaten frieren wir uns hier den Arsch ab. Na ja. Weißt du es schon? Alex ist mein Partner in *Les Patineurs*.«

»Sie ist unheimlich eifersüchtig auf mich«, sagt Juliana, als Lynn weggegangen ist, um an der waagrechten Stange Kniebeugen zu machen. »Normalerweise tanzt Alex mit mir. Es ist ihm sogar lieber, mit mir zu tanzen. Wenn du das nächste Mal kommst, wird sie dich anmachen. Aber wir sind Freundinnen.«

Juliana kniet sich auf den Boden und zieht die Schuhe aus. Ihre Füße sind eine geschwollene Masse aus Schwielen und Blasen. Sie hämmert die Spitze des einen Schuhs auf den Boden. »Dann ist der Aufprall nicht so hart«, sagt sie und reicht ihm den anderen Schuh. Bis auf seine steinharte Spitze ist er genauso gewichtslos wie sie.

Er hält den Schuh und fühlt sich, als hielte er sie. Die imaginäre Liebkosung muss sich auf seinem Gesicht zeigen. Einen Moment lang schaut sie ihm in die Augen. Weiß sie, was er denkt? Sie hämmert weiter. »Meine Schuhe sind die einzige Stelle, mit der ich den Boden berühre«, sagt sie. »Ich will leicht sein, federleicht. Denk was Gutes, während du sie behandelst.«

Behutsam schlägt er die Schuhspitze gegen den Boden. »Du bist zu sanft«, sagt sie und lacht. »Der

Schuh hält schon was aus.« Er hämmert stärker. »So ist es richtig«, sagt sie.

»Was probt ihr?«, fragt er.

Sie zieht eine Schnute. »Haben wir nicht wie Schwäne ausgesehen? Wir tanzen den verkürzten zweiten Akt von *Schwanensee*, außerdem eine Szene aus *Les Patineurs* und ein neues Ballett mit dem Titel *The Drive-In* von irgendeinem amerikanischen Choreographen.«

»Du hast wirklich wie ein Schwan ausgesehen. In einer Schwanenwelt. Versuchst du, dir beim Tanzen vorzustellen, ein Schwan zu sein? Woran denkst du, wenn du tanzt?«

Sie hält inne, um sich die Füße zu massieren. »Als ich klein war, hat man mir gesagt, ich soll so tun, als würde ich auf der Ferse ein Sektglas balancieren, oder mich so bewegen, als ob mein Kopf von einem Faden an der Decke gehalten würde. Jetzt stelle ich mir vor, dass dort, wo ich gerade bin, ein Lichtstrahl auf den Boden fällt.«

»Ich denke an gar nichts, wenn ich ringe«, sagt er.

»Du bist Ringer? Hab ich mir schon gedacht. Du hast starke Arme.« Sie drückt die Schuhspitze gegen ihre Handfläche, um festzustellen, wie weich sie geworden ist.

Starke Arme? Es ist ihr also aufgefallen. Er kann kaum glauben, dass ihr Blick auf ihm geruht hat. Er kann kaum glauben, dass er nur wenige Zentimeter von ihr entfernt ist. Wie alt ist sie? Zwanzig? Einundzwanzig? Sie trägt ein ärmelloses blaues T-Shirt, ein Trikot und Beinwärmer. Ihre Augen sind grün und durchdringend. Offenbar sind ihre Umrisse dick mit irgendeinem dunklen Make-up nachgezeichnet worden. Derart geschminkte Augen hat er bisher nur bei Bühnenschauspielerinnen gesehen und noch nie so aus der Nähe. Abgesehen von der Intensität ihrer Augen, ist ihr Gesicht engelhaft, ihre Haut ist glatt und bleich. Das vom Fenster zur Straße hereinfallende Licht glänzt in ihrem Haar, erfasst die weiße Biegung ihres Halses und beleuchtet herabsinkend die zarten Sommersprossen auf ihren Schultern. Ihre Arme und Hände sind so zart wie ein Frühlingsblatt. Schlanke und doch starke Beine, an den Waden sind die Muskeln sichtbar. Eine Göttin ganz und gar, aber kleiner, als sie beim Tanzen ausgesehen hat.

Offenbar denkt sie noch immer über seine Frage nach. »Ich glaube, ich denke auch an gar nichts. Ich lausche der Musik. Ich spüre meinen Körper. Tanzen ist alles, was ich will. Jeder soll mich tanzen sehen. Ich will so gut sein wie Suzanne Farrell. Ich will bei Balanchine tanzen. Und das schaffe ich auch.«

Wer sind Suzanne Farrell und Balanchine? Er wird sich nicht zum Narren machen, indem er nachfragt. Einer der Tänzer geht mit einer Gartengießkanne vorbei und besprengt den Parkettboden. »Es ist Scheiße, wenn man ausrutscht«, sagt sie. »Ich muss meine Schuhsohlen bearbeiten? Hilfst du mir?«

Aus ihrer Handtasche holt sie ein Taschenmesser und beginnt, an der Sohle eines Schuhs zu schaben. Wieder reicht sie ihm den anderen Schuh. Er hat kein Messer. Sie sagt, er solle einen Schlüssel nehmen oder irgendetwas anders, was die Schuhe aufraut und sie griffiger macht.

»Nein, nicht so kratzen«, sagt sie und nimmt ihm den Schlüssel aus der Hand. Sie zeigt ihm, wie sie es haben will. »So.« Dann beobachtet sie ihn und nickt zustimmend. »Gehst du am College zum Ringen?«

»Ja.« Etwas an ihrem Tonfall macht ihn verlegen. Meint sie, er wäre nicht so ernsthaft wie sie, weil er seine Zeit am College verbringt?

»Ich werde nie aufs College gehen«, sagt sie. »Auch nicht, wenn ich das Geld dafür hätte. Ich will bloß tanzen. Mit sieben hab ich damit angefangen. Ich hatte keinen Vater.« Beim Sprechen hält sie inne, um die Sohle ihres Schuhs zu studieren, als würde sie diese lesen wie ein Buch. »Als ich zwölf war, bin ich von zu Hause weggelaufen und hier in der Stadt bei meiner Tante eingezogen. Die war in ihrer Jugend Tänzerin. Ballett, Ballett, Ballett. Mit sechzehn bin ich zu Magay gekommen. In meinem ersten Jahr hab ich Suzanne Farrell die Dulcinea in *Don Quixote* tanzen sehen. Ich habe sie gehasst. Sie war vollkommen. Ich werde auch einmal so tanzen. Tanzen ist das einzig Vollkommene auf der Welt.«

»Emily Dickinsons Lyrik ist vollkommen«, sagt er.

»Ich finde, tanzen ist auch Lyrik.«

Allmählich begreift er, dass Tanzen nichts ist, was Juliana so tut, wie er alles getan hat. Dieser heruntergekommene Ziegelbau ist kein Ort, an den sie täglich ein paar Stunden kommt, um sich in Form zu halten oder zu üben. Dies ist ein Tempel, und sie ist eine Priesterin, eine Göttin. Wie erbärmlich ihm sein

Leben mit einem Mal vorkommt, verglichen mit ihrem. Ihr Leben scheint so einfach zu sein, so konzentriert auf eine einzige Sache. Sein Geist ist erfüllt von Ungewissheit, ihrer scheint seiner selbst gewiss zu sein. Er versucht, Schönheit mit Worten zu erschaffen, sie schafft Schönheit mit ihrem Körper.

»Meine Blasen bringen mich noch um«, sagt sie. Sie zieht eine Nadel und schwarzen Faden aus ihrer Handtasche. »Bitte schau nicht her.«

»Was hast du vor?«, fragt er.

»Schau nicht her.«

»Ich will alles über dich erfahren.« Und ihm wird klar, dass er das wirklich will. Er will wissen, wo sie wohnt, welche Filme sie sich ansieht, welche Kleider sie im Schrank hat, was sie zum Frühstück isst, wer ihre Liebhaber gewesen sind. Er will Besitz von ihr ergreifen, will sich in ihre Blutbahn injizieren. Er weiß nicht, ob er sich am meisten danach sehnt, mit ihr zu schlafen, sie zu verehren, oder beides.

Nacheinander sticht sie jede Blase auf, fährt mit Nadel und Faden hindurch und lässt den Faden in der Blase. »Ich hab dir doch gesagt, du sollst nicht herschauen«, sagt sie. Die schwarzen Fäden hängen nass und blutig von ihren Füßen, als sie die Schuhe anzieht, aufsteht und zur Stange humpelt.

»Bleibst du zum zweiten Teil der Probe?«, ruft sie ihm zu. Ohne auf eine Antwort zu warten, dreht sie sich um und beginnt, die Knie zu beugen.

Wie kann sie nur tanzen, wenn ihre Füße in einem solchen Zustand sind? Aber sie tut es, ohne den geringsten Ausdruck des Schmerzes in ihr Gesicht schlüpfen zu lassen. Sie läuft, sie springt, sie dreht sich auf diesen Füßen. Charles verbringt den restlichen Nachmittag damit, ihr beim Tanzen zuzusehen, doch nun zuckt er jedes Mal zusammen, wenn ihre Füße den Boden berühren.

Juliana und die drei anderen Schwäne üben eine neue Schrittfolge ein. Dann tanzt eine der Ballerinen einen Pas de deux mit einem Tänzer, einem dunkelhäutigen Mann mit ausdrucksvollen Armen und kräftigen Beinmuskeln. Bei jedem Sprung schwebt er, blickt jedoch ständig finster drein. Offenbar missbilligt er etwas, was seine Partnerin getan oder nicht getan hat. Ab und an geht der kahlköpfige Ballettmeister mit einem Maßband durch den Raum und zieht Kreidestriche auf dem Boden. Klapp, klapp, klapp. Eins, zwei, drei. »Jungs und Mädels, ihr denkt schon wieder. Ich sehe, wie ihr denkt. Nicht denken!« Klapp, klapp, klapp.

Als die Probe um fünf Uhr vorüber ist, fordert sie ihn auf, sie zu dem Lokal zu begleiten, in dem sie abends arbeitet. Dort könnten sie vorher noch etwas essen.

6

Während er mit ihr zur U-Bahn geht, fällt ihm auf, dass sie niemals eine ungraziöse Bewegung macht. Sie tanzt immer, selbst hier auf den schmutzigen Straßen des East Village. Er überlegt, ob es sie wohl anstrengt, ständig eine derart vollkommene Körperhaltung zu wahren. Selbst in der U-Bahn sitzt sie da, als würde sie kaum den Sitz berühren, als gäbe es ein dünnes Luftkissen zwischen ihr und jeder harten Oberfläche auf der Welt. Sie ist gleichzeitig zerbrechlich und stark.

Das Lokal, in dem sie arbeitet, liegt im Westen des Central Park und heißt *Frankie's Burger and Pizza Joint*. Über dem Eingang ist ein Fernseher angebracht, auf dem ein Film mit Laurel und Hardy läuft. Als sie eingetreten sind, müssen sie sich unter einem Schild mit dem Angebot des Tages hindurchducken, das an Bindfäden von der Decke hängt. In phosphoreszierend orangefarbenen Lettern heißt es: »Der Sumo-Burger, über ein Pfund Fleisch.«

»Tag, Schätzchen«, sagt eine Kellnerin zu Juliana. »Fängst du heute früher an?«

»Nie im Leben«, erwidert Juliana. »Erst um sechs.«
»Hm«, macht die Kellnerin, eine riesige Frau mit einer Unmenge Löckchen. Sie starrt Charles an. »Da hast du aber ’n Süßen dabei.«
Juliana führt ihn an den Drehstühlen vor der Theke vorbei nach hinten, wo sie eine leere Nische finden. Er ist hungrig. Seit dem Frühstück heute morgen hat er nichts gegessen, also seit einer wahren Ewigkeit.
»Wohnst du hier in der Gegend?«, fragt er.
»In der Nähe des Busbahnhofs. Ich wohne bei meiner Tante.«
Sie verschwindet in der Toilette und kommt in eng sitzenden Jeans und einem rückenfreien Top zurück, ihrer Kellnerinnenkluft. Sofort merkt er, dass die Männer sie anstarren. Wie kann sie bloß in diesem gewöhnlichen Schuppen arbeiten, für gewöhnliche Leute, denen sie Hamburger und Pizza serviert? Er will sie beschirmen und beschützen.
»Wir haben Zeit zu essen«, sagt sie. »Bestell dir, was du willst, es kostet nichts.« Sie winkt einer der Kellnerinnen zu. »Tamara?«
Er bestellt ein Truthahnsandwich mit Pickles und Pommes frites. Sie bestellt Kaffee, dann zieht sie eine Banane aus der Handtasche.
»Ist das dein ganzes Abendessen?«, fragt er.
»Mach dir keine Sorgen um mich. Das ist normal.«
»Bist du sicher? Davon kann man doch nicht leben.«
Sie wirft ihm einen messerscharfen Blick zu, und er nickt verdrießlich, weil ihm klar wird, dass er ins Fettnäpfchen getreten ist.

»Arbeitest du gern hier?« Es ist ihm ein Greuel, dass sie in diesem Lokal arbeitet.
»Ich tue, was ich tun muss.«
Das Essen kommt. Während er isst, versucht er, sie nicht zu beobachten. Jeder Bissen, den sie in den Mund steckt, wirkt wie ein schmerzhaftes Zugeständnis an die physische Existenz.
»Sag mir doch ein Gedicht auf«, sagt sie, »von der Frau, von der du gesprochen hast. Falls du eins auswendig kannst.«
Die Worte sprudeln aus seinem Mund, bevor er ihnen Einhalt gebieten kann:

»Die Liebe ist wie das Leben – nur länger
Die Liebe ist wie der Tod während des Grabs
Die Liebe ist die Gefährtin der Auferstehung
Sammelt den Staub sie in der hohlen Hand,
so ruft sie: Lebe!«

Sie lauscht mit derselben vollkommenen Aufmerksamkeit, die sie ihrem Ballettmeister widmet. »Das ist wunderschön«, sagt sie, »und traurig. Die besten Gedichte sind traurig, meinst du nicht auch? Es muss toll sein, solche Gedichte zu kennen.« Sie steckt ihr Haar zu einem Knoten zusammen wie die anderen Kellnerinnen. »Ich hab mal ein hinduistisches Gedicht über Wiedergeburt gelesen. Glaubst du an die Wiedergeburt?«
»An die Wiedergeburt?« Er zögert. Er will nichts Falsches sagen. »Nein, ich glaube nicht. Ich glaube, wir sterben, und damit ist es vorbei. Vielleicht bleibt

auch irgendein Geist übrig, der irgendwohin geht. Und du?«

»Ich glaube, es muss wahr sein. Ich spüre einfach so viel Lebenskraft überall und weiß, dass ich ein Teil von ihr bin. Gott hätte bestimmt nicht so viele Seelen erschaffen, ohne sie aneinander teilhaben zu lassen. Ich will als meine Mutter wiedergeboren werden, bevor sie verrückt geworden ist. Ich will sie kennenlernen. Ich will sie einfach kennenlernen.«

Sie wirft einen Blick auf die Uhr über der Theke. »Ich muss jetzt arbeiten. Willst du nicht noch ein wenig bleiben? Du kannst hier sitzen bleiben, niemand wird dich belästigen. Ich komme immer wieder mal vorbei.«

Er bleibt. Er folgt ihr mit den Blicken, während sie mit Papptabletts voller Hamburger und Pizza von einem Tisch zum anderen geht, in die Küche und wieder zurück, zur Theke, um verschüttete Limonade und Bier aufzuwischen, zur Mülltonne, um halb gegessene Hamburger und schmutzige Servietten wegzuwerfen. Sie ist zu fein für so etwas, denkt er. Selbst jetzt, wo sie in diesem heruntergekommenen Schuppen ein Tablett mit miserablem Fraß balanciert, bewegt sie sich wie eine Tänzerin, wie ein himmlisches Wesen. Er will sie hier herausholen.

Wenn sie nicht zu sehen ist, beobachtet er, wie der Stundenzeiger langsam ums Zifferblatt wandert. Nach vier Stunden steht er auf. Um elf fährt sein Bus.

»Ich muss los«, sagt er zu ihr, als sie aus der Küche kommt.

»Bleib«, sagt sie. »Um Mitternacht bin ich fertig.«

»Um elf fährt der letzte Bus.« Wie kann er denn bleiben? Er wird den letzten Bus zurück verpassen. Die meisten Veranstaltungen dieses Tages hat er schon versäumt. Und wo soll er schlafen? In der Wohnung ihrer Tante? Er versucht, sich vorzustellen, wie er auf dem Sofa ihrer Tante schläft, wo immer das sein mag, in einem engen, staubigen Zimmer, in dem die ganze Nacht eine Standuhr tickt.
Als sie sich umdreht, um einen ihrer Tische zu inspizieren, fällt ihm auf, dass der Bestellblock an ihrem Kreuz eine rote Furche hinterlassen hat. Ihr Lidstrich ist verschmiert. Irgendwo rauscht eine Toilette. Plötzlich überkommt ihn etwas Undefinierbares. Weshalb ist er hier in diesem miesen Schuppen in New York? Vor ein paar Stunden hat er noch geglaubt, es zu wissen, er hat an diese wunderschöne Frau geglaubt, an diesen Ort, an die Gebäude hier. Jetzt ergibt nichts mehr einen Sinn. Das Tanzstudio und die Tänzer kommen ihm vor wie ein ferner Traum, der in der Nacht vorübergleitet. Juliana ist selbst ein Traum, obwohl sie erschöpft und schwitzend vor ihm steht. Er fühlt sich verloren. Er ist ein Grassamen im Wind.
All diese Gedanken fahren ihm in der Zeitspanne eines Augenblicks durch den Kopf. Er kann nicht nachdenken, er ist überwältigt und verwirrt.
»Ich muss los«, sagt er unbeholfen, weil er keine anderen Worte finden kann. Er geht zur Tür.
»Komm nächste Woche wieder«, sagt sie. »Dann bin ich die Schwanenkönigin.«

Mein Magen. Mein Magen. Mir ist speiübel. Ich zittere.
Mein Gott. Ich wusste nicht, dass ich nach all den Jahren noch so viel für sie empfinde. Doch, ich habe es gewusst. Ich will sie wieder am ganzen Körper berühren.
Natürlich habe ich an sie gedacht. Aber sie zu sehen! Ich kann mich kaum aufrecht halten. Die Knie werden mir weich. Ich atme schwer. Das ist zu viel. Ganz ruhig. Ruhig. Ruhig.
Aber ihre Augen – in meiner Erinnerung sind sie blau, nicht grün. Ihre Augen waren blau.

Jenen ersten Abend hatte ich vergessen. Den Anfang und das Ende. Werde ich dieses raue Jahr noch einmal durchleben? Ich will mich erinnern: Wann habe ich sie zum allerletzten Mal gesehen? Ich will mich daran erinnern, was sie getragen hat, an die Neigung ihrer Schultern, an das letzte Wort, das sie zu mir gesagt hat. Aber das war Monate später. Manches war wunderschön. Ich kann nicht an sie denken. Ich muss an irgendetwas anderes denken.
Ich … ich schäme mich. Was für ein dämlicher Trottel ich doch war. Ein solches Angebot von ihr zu bekommen und nicht zu wissen, was ich damit anfangen sollte. Jenen ersten Abend hatte ich vergessen.
Ich würde meinem zweiundzwanzigjährigen Ich gerne etwas sagen. Nur unter uns beiden. Wie spricht man sein zweiundzwanzigjähriges Ich eigentlich an? Sind mein zweiundzwanzigjähriges Ich und ich ein und dasselbe oder nicht?

Jetzt weiß ich, wie ich mit ihm sprechen sollte: Du Trottel! Du Narr! Wie konntest du nur blind dafür sein, dass sie dich umworben hat, dass sie dich wollte, dass sie sich dir angeboten hat! Die Göttin hat dich aufgefordert, mit ihr die Nacht im Himmel zu verbringen. Hat sie nicht gesagt: »Bleib«? Das habe ich jedenfalls gehört. Bist du taub? Was meinst du wohl, was »Bleib!« bedeutet? Du bist zweiundzwanzig Jahre alt, du bist kein Kind mehr. Was glaubst du wohl, was es bedeutet, wenn eine Frau spät abends »Bleib!« sagt? Du bist mir peinlich. Du hast dich in eine peinliche Lage gebracht, und das merkst du nicht einmal.
Es ist erstaunlich, dass sie dich aufgefordert hat wiederzukommen, nachdem du dich dermaßen trottelhaft benommen hast. Frauen mögen es nicht, abgewiesen zu werden. Du hattest keine Ahnung von Frauen. Wie du diesen Augenblick, wie du deine Kraft vergeudet hast! Du verdienst, was dir widerfahren ist. Du hast verdient, zwei Stunden lang einsam und verwirrt im Bus zu sitzen und mitten in der Nacht durch düstere Kleinstädte zu fahren, zwischen Leuten, die derart schnieften und husteten, dass du keine fünf Minuten eindösen konntest. Im Bus stank es nach Abgas aus einem gebrochenen Auspuffrohr, und du dachtest nur daran, sie aus diesem miesen Hamburgerschuppen zu retten. Träumtest davon, dich auf deinem weißen Ross herniederzuschwingen und sie zu entführen.
Sicherlich, das waren edle Gefühle, aber letztendlich doch nur törichte, unangebrachte Angst, vergeudete

Energie. Weshalb hast du gedacht, du könntest entscheiden, was das Beste für Juliana war? Was wusstest du von ihren Bedürfnissen? Du hättest dich um dich selbst kümmern sollen. Das ist es, was ich dir sagen will. Es ist nicht nur so, dass du nichts über Frauen wusstest, du wusstest auch nichts über dich selbst.

Klinge ich wieder wie ein selbstsüchtiges Miststück? Ich bin bloß ehrlich. Im Grunde sind wir Menschen selbstsüchtig. Und diese urtümliche Selbstsucht, die unsere Spezies beflissen leugnet, beeinflusst offenbar einen Großteil des menschlichen Verhaltens. Hat Adam Smith nicht genau dies gemeint, als er vom »Eigeninteresse« als Basis des Kapitalismus gesprochen hat? Oder Deborah Raeke in ihrem großartigen Roman *Der Morgen der Täuschung*? Na also. Jetzt denke ich etwas anderes. Ich fühle mich besser. *Der Morgen der Täuschung.*

Der Satz, an den ich mich am besten erinnere, lautet: »Wir alle sind Mütter und Töchter unserer eigenen Angst.« Worin besteht diese Angst? Darin, dass wir unsere selbstsüchtige Natur nicht akzeptieren können.

In Raekes Buch, das ich meinen Studenten oft zur Lektüre gebe, finden zwei Frauen Ende dreißig nach dem Verlust ihrer Ehemänner zusammen. Der eine Mann ist an einer Embolie gestorben, der andere hat sich plötzlich mit seiner Sekretärin davongemacht. Als die beiden Frauen, die schon während ihrer Ehe befreundet waren, alleine sind, ziehen sie zusammen. Dorothy und Katherine. Zum Zeitpunkt, an dem der Roman beginnt, leben die zwei Frauen schon viele Jahre in einer ruhigen Wohnung zusammen. Beide haben inzwischen flüchtige Liebesaffären gehabt, die nun vergessen sind. Beide sind berufstätig, Dorothy als Sekretärin und Katherine als Dentalhygienikerin. Zu Hause macht Dorothy die Einkäufe und versorgt den Hund und die zwei Katzen; Katherine putzt die Wohnung und kümmert sich um die Rechnungen. Abends massiert Dorothy Katherine beim Fernsehen die geschwollenen Füße. Manchmal laden sie Freunde auf ihren Balkon ein, auf dem schmiedeeiserne Stühle mit bequemen Polstern stehen. Hier, vom dritten Stock aus, bietet sich ein hübscher Blick auf ein nahes Wasserreservoir. In den zwei Wochen Sommerferien, die ihnen jedes Jahr zustehen, immer die ersten zwei Augustwochen, verreisen sie. Einmal waren sie in Acapulco, in einem anderen Jahr in Paris. Im Lauf der Jahre ist ihre gegenseitige Zuneigung angewachsen. Als sie Anfang vierzig waren, haben sie eines regnerischen Abends sogar miteinander geschlafen, dann jedoch gemeinsam beschlossen, dass eine körperliche Beziehung ihre tiefe Freundschaft gefährden könnte, in der sich bereits eine ganz eigene Vertrautheit entwickelt hatte.

Nach zweihundert Seiten, die beiden Frauen sind jetzt Mitte sechzig, wird bei Dorothy Brustkrebs diagnostiziert. Sie liegt im Sterben. Sie hat die übliche Chemotherapie und die Bestrahlungen erduldet, kann jedoch nicht geheilt werden. Alte Freundinnen und Freunde kommen zu Besuch. Ihr Bruder kommt. Als sie verwelkt im Bett liegt, ohne Haare und mit einer Stimme, die schwach ist wie ein Schilfrohr im Wind, bricht Katherine zusammen. »Was soll jetzt aus mir werden?«, schreit sie. »Wer fährt den Wagen? Wer geht einkaufen?«

Zuerst hat man den Eindruck, ein derart engherziger und selbstsüchtiger Protest sei ein schwerer Schnitzer der Autorin. Welcher echte Mensch würde sich in diesem schrecklichen Augenblick nur um sich selbst Sorgen machen und den Qualen seiner geliebten Partnerin gefühllos gegenüberstehen? Dann jedoch erkennen wir, dass die Beziehung zu Dorothy immer den Bedürfnissen von Katherine entgegengekommen ist und umgekehrt. Trotz des Anscheins haben die beiden Frauen vollständig aus Eigeninteresse heraus gehandelt. All die zärtlichen Worte, die sie gewechselt haben, all die gegenseitige Freundlichkeit, die kleinen Gefälligkeiten, ja selbst der einzige Geschlechtsakt waren in Wirklichkeit völlig *quid pro quo*, Geschenke als Gegenleistung für Geschenke.

Eine solche Erklärung für ein Verhalten muss keineswegs von einem moralischen Urteil begleitet werden. Es handelt sich einfach um die Wahrheit, um das Gesetz aller Lebewesen. Während ihres selbstsüchtigen Protestgeschreis erkennt Katherine offenbar diese Wahrheit, und selbst wenn sie diese Wahrheit nicht deutlich erkennt, tut es zumindest ihr primitives Unbewusstes. Ihr primitives Wesen weiß, was es braucht.

Als ich Raekes Buch vor Jahren zum ersten Mal gelesen habe, war ich entsetzt über die Konsequenzen. Hatte ich den Roman womöglich falsch interpretiert? Drückte Katherine, überwältigt vom unmittelbar bevorstehenden Tod ihrer Freundin, einfach nur ihre Liebe aus, indem sie von den kleinen Dingen sprach, die die beiden miteinander teilten? Oder stand sie vor Gram derart neben sich, dass sie bedeutungslose Worte aneinanderreihte? Ich wollte unrecht haben. Wider besseres Wissen versuchte ich, mit der Autorin zu korrespondieren. Aber nachdem Deborah Raeke ihr einziges großartiges Buch veröffentlicht hatte, blieb sie verschwunden. Und da sitze ich nun mit meinen düsteren Theorien.

Erst mehrere Tage später, als er gerade sein Philosophieseminar verlässt, erkennt er sein kolossales Versagen. Es ist kein Versagen im augenfälligen Sinne. Was ihn quält, ist der Gedanke, sie enttäuscht zu haben. Während er nun auf dem diagonalen Weg zur Sporthalle hinübergeht, erinnert er sich schmerzhaft an jedes Wort, das er gesagt und nicht gesagt hat, an die Momente der Unbeholfenheit und des Schweigens. Was Frauen betrifft, ist er ein absoluter Stümper.
Während des Trainings kann er sich nicht aufs Ringen konzentrieren. Stattdessen brütet er über seine verworrenen Gefühle für sie nach. Was will sie wirklich von ihm? Weshalb fühlt er sich schuldig? Trotz der Verwirrung glaubt er, sich verliebt zu haben.
Ein Pfiff ertönt. Sein Blick klärt sich teilweise, und

er sieht seinen Gegner auf sich zuspringen, einen fleischigen Koloss in einer blauen Turnhose. »Kopfklammer!«, brüllt der Trainer. Die Körper trennen sich, Charles starrt dumpf auf den rosafarbenen Wanst und denkt an ihren geröteten Hals, an das dünne Kristall ihrer Haut. Weshalb leidet er nur so? Etwas aus der morgendlichen Vorlesung über Existentialismus hat sich in seinem Hirn festgesetzt. *Obgleich das Individuum nicht ohne Leiden, Angst und Schuld leben kann, existieren diese drei Empfindungen jenseits jedes rationalen Verständnisses.*

»Schultersieg!«, ruft der Trainer, und er merkt, dass man ihn geschultert hat. Erstaunlicherweise fühlt er sich nicht besiegt. Von dem Studenten über ihm tropft Schweiß auf sein Gesicht. Licht scheint ihm in die Augen. Er erhebt sich auf die Knie und hat das Gefühl, sich selbst in Zeitlupe zu beobachten und sich zugleich denken zu hören.

Was er denkt: Er hat am College nichts gelernt. Seine Bücher sind Backsteine, in die die getrockneten Worte toter Leute eingeritzt sind.

Noch immer in Zeitlupe geht er zu den Duschen. Er zieht sich aus, inhaliert die dicken Dampfwolken. Ungerufen kommt ihm ein hässlicher Gedanke in den Sinn: Wie oft hat sie Männer zu Frankie's mitgenommen und warten lassen, bis sie mit der Arbeit fertig war? Er stellt sich einen ganzen Trupp begehrenswerter Männer vor, die Abend für Abend in ihr Lokal marschieren und aufgefordert werden, in der mit Kunstleder bezogenen Nische auf sie zu warten. Studenten, Tänzer, junge Geschäftsleute, Anwälte,

Ärzte. Vor dem Lokal hält er einen der Kerle auf, den Rechtsanwalt, der einen schicken Nadelstreifenanzug trägt, ein Hemd mit seinem Monogramm, eine faustbreite Seidenkrawatte, einen Krokodilledergürtel und passende Krokoslipper mit diesen angeberischen Troddeln. Überhaupt nicht Julianas Typ. Der Anwalt meint, sie werde ihn mit etwas Hochkultur, mit etwas Kunst bestäuben, und er werde sie dafür aus ihrer jämmerlichen sozialen Stellung herausheben und sie natürlich zu seinem Apartment an der Fifth Avenue begleiten, in sein holzgetäfeltes Schlafzimmer mit seinen Rudermedaillen aus Yale an der Wand, mit seinen Juradiplomen und dem pompösen Bett mit den blassblauen Laken. Es ist elf Uhr abends. Er wird eine Stunde in der Kunstledernische auf sie warten, nicht länger. Wo wollen Sie hin?, fragt Charles wütend. Der Anwalt wirft ihm einen kurzen Blick zu, als wäre er ein Stück aufgeweichte Pizza, das auf dem Gehsteig liegt. Sie wollen doch nicht etwa Juliana treffen, oder?, fragt Charles. Wer sind Sie?, sagt der Anwalt. Sie sehen aus wie ein Collegestudent. Bitte gehen Sie mir aus dem Weg. Der Anwalt greift mit seiner behandschuhten Hand nach der Tür. Er hat so einen verhätschelten Blick. Für ihn ist alles nur ein Spiel. Für Juliana interessiert er sich eigentlich gar nicht. Sein Nervenkitzel besteht darin, in seinem Mercedes vor dieser miesen Pizzabude vorzufahren, mit seinen schicken Schuhen auf den dreckigen Gehsteig zu treten, auf Tuchfühlung mit den Proleten des Viertels zu gehen, sich in die billige Kunstleder-

nische zu setzen und billiges Essen zu bestellen. Und dann mit dem schönen, aber ungewaschenen Mädchen zu spielen. Er wird sie zu seiner Sklavin machen. Heute abend hat er eine Schachtel mit teuren Pralinen für sie dabei. So wenig weiß er über Juliana, dass er glaubt, sie würde auch nur ein Viertel einer Praline tatsächlich anrühren. Welch ein köstlicher Spaß, denkt er, belgische Pralinen in diesen Schuppen zu bringen. Er beugt sich vor und atmet den reichen Duft der Pralinen ein, die ein zuckriger Ausdruck alles Kostbaren in seinem Leben sind, wie beispielsweise auch seine Aktentasche aus Kalbsleder oder die Haut der jungen Frauen, nachdem er sie in seiner überdimensionalen Badewanne gewaschen hat. Charles versetzt ihm einen harten Faustschlag. Die Pralinenschachtel fällt zu Boden. Einen Augenblick sackt der Anwalt in sich zusammen, dann richtet er sich wieder zu seiner vollen Länge auf. Charles schlägt noch einmal auf ihn ein. Mir kannst du nicht wehtun, Collegeboy, sagt der Anwalt und lacht.
Charles schlägt mit der Hand auf die gekachelten Wände der Duschkabine ein. Die Eifersucht in seinem Kopf verfestigt sich und verwandelt sich in einen harten, grinsenden Klumpen, der in seinen Magen sinkt. Eifersucht. Ein weiteres Phänomen auf der Liste der existentiellen Unbegreiflichkeiten.

In der Mensa hört er am Abend im Radio, dass der Vietcong von kambodschanischem Gebiet aus Angriffe gegen Südvietnam durchgeführt hat. Die Nachricht löst am Tisch Tumulte aus.

»Morgen früh bombardieren wir Kambodscha«, ruft jemand.

»Ein Bruder von mir ist in Vietnam«, sagt ein anderer Student, »und der sagt, wir bombardieren Kambodscha schon seit Jahren. Den Osten von Kambodscha.«

»Wahnsinn.«

»Er hat 'ne ganze Familie gesehen, die bis auf die Knochen verkohlt war. Die hatten einfach in ihrer Hütte geschlafen.«

»Für wen halten diese Arschlöcher sich eigentlich?«

»Das ist deine tolle Regierung, du Flasche. Kleine Jungs, die mit ihrem Spielzeug spielen.«

»Johnson gehört als Kriegsverbrecher hinter Gitter. Wir sind bloß wegen LBJ da drüben.«

»Johnson hat eben nie einen hochgekriegt.«

Charles schließt die Augen und versucht, sich vorzustellen, in Vietnam zu sein. Wie können Leute, die er nicht kennt, Leute, die er noch nie gesehen hat, ihn zwingen, nach Vietnam zu gehen? Alles ist unwirklich.

»Na, was hast du zu sagen, Major Blanchard? Betätigst du dich in Kambodscha?« Jemand verspottet Nick Blanchard, der es vor dem Abendessen aus Bequemlichkeit versäumt hat, seine ROTC-Uniform abzulegen.

»Ich betätige mich dort, wo man mich hinschickt«, sagt Nick mit einfältigem Grinsen. »Ich bin bloß eine Hure.«

Nick steht auf und setzt sich zu Charles und Ralph. »Jedes Mal, wenn sie irgendwelchen Blödsinn ma-

chen, hackt man auf mir rum«, sagt er mit leiser Stimme.
»Du hast dich richtig verhalten«, sagt Charles. »Du hast gesagt, was du sagen musstest. Davis ist ein Arschloch.«
»Hört mal«, sagt Nick. »Hätten die Herren nicht Lust, am Wochenende mit mir auf einer Farm in der Nähe von Topsfield auf die Jagd zu gehen?«
Irgendwie hat Nick es geschafft, sich beim letzten Sommertrainingscamp des ROTC drei halbautomatische Gewehre unter den Nagel zu reißen. Das hängt er zwar nicht an die große Glocke, kann es jedoch kaum erwarten, sie auszuprobieren. Charles will nichts damit zu tun haben.
»Wir schießen bloß auf Kaninchen«, sagt Nick mit seiner seidenweichen Stimme. »Die Lady auf der Farm sagt, wir würden ihr einen Gefallen tun, wenn wir ein paar Kaninchen abschießen. Die fressen ihr Gemüse.«
»Ich hab keine Ahnung von Gewehren«, sagt Ralph.
»Da ist nicht viel dabei«, sagt Nick. »Ich kann's dir in zehn Minuten beibringen. Bei der Ausbildung machen sie ein Riesengetöse ums Schießen, aber das gehört nur zu der üblichen Gehirnwäsche, die sie dir verpassen. Es ist nichts dabei.«
»Ich will nicht mitkommen«, sagt Ralph und streicht sich über seinen Bürstenschnitt. »Ich hab keine Lust auf Wildern und Abknallen. Außerdem muss ich bis Montag noch 'ne Menge lesen.«
»Die Farm ist toll«, sagt Nick. »Meilenweit Felder und ein See. So einen friedlichen See habt ihr noch

nie gesehen, der ist wie auf 'ner Ansichtskarte. Randvoll mit prächtigen Forellen. Die Kaninchen sind auch toll. Und sie sind schnell, also ist es schon eine Herausforderung. Die Farmerin hat gesagt, wir könnten alle Kaninchen mitnehmen, die wir geschossen haben. Ich glaube, wir tun etwas Gutes.«

»Nimm Charles mit«, sagt Ralph. »Bringt mir ein Kaninchen mit. Ich werde schon was damit machen können. Ich lasse es ausstopfen.«

»Was ist mit dir, Charlie?«, fragt Nick.

»Zum See würde ich schon gern fahren«, erwidert Charles, »aber nicht, um irgendwelche Viecher umzubringen.«

»Ach, leckt mich doch am Arsch«, sagt Nick.

Charles denkt, dass es Nick wahrscheinlich überhaupt nicht darum geht, Kaninchen zu jagen. Er will bloß unbefugt mit militärischen Waffen spielen, und das macht er heimlich, als verborgene Schmähung wie immer. Trotzdem hat Nick etwas an sich, was Charles bewundert.

7

Am Sonntag fahren die drei jungen Männer in Nicks 1955er Chevrolet zur Farm. Offenbar ist es der erste Tag im Herbst, denn in den Bäumen blitzt es orange und rot auf, hohes Gras steht am Straßenrand und die Luft ist klar vom Tau, der plötzlich in der Nacht gefallen ist.

Charles ist froh, einen Tag lang draußen auf dem Land zu sein. Er lehnt sich aus dem Fenster und atmet die weite Offenheit ein. Vor Jahren ist er mit seinem Vater einmal zelten gewesen, Kanu fahren und angeln, und die Erinnerung daran ist immer noch in ihm lebendig. Es war nur dieses eine Mal, doch nun denkt er daran und spürt, dass er sich hier im Schoß einer anderen Familie befindet: Nick hinter dem Lenkrad, der seine speziellen türkischen Zigaretten raucht, während Ralph auf dem Rücksitz den Kompass studiert, den er eigens für diese Gelegenheit gekauft hat.

Nach einer halben Stunde Fahrt berichtet Nick, seine Eltern wollten ihn dazu bringen, das ROTC zu verlassen. Offenbar haben sie in *The Pig* über zwei ROTC-Studenten gelesen, die von Kommilitonen verprügelt wurden. »Die kapieren einfach nicht, dass wir dann das ganze Geld zurückzahlen müssten, das wir nicht haben«, sagt Nick und wirft einen Zigarettenstummel aus dem Fenster. »Mein Vater hat diesen beschissenen Job, der ihm gerade mal vierzehntausend Dollar im Jahr einbringt, kann sich nicht das Geringste leisten und sagt mir, was ich tun soll. Kommt nicht in die Tüte. Ich bin einundzwanzig. Ich kann tun und lassen, was ich will. Das ROTC pflastert mir den Weg.«

»Genau, Schwester«, sagt Ralph auf dem Rücksitz. »Man muss einfach tun, was man tun muss. Ich würde diese Faschistenuniform zwar nicht mal für 'nen Tausender anziehen, aber ich bin ja auch nicht du.«

»Leck mich«, sagt Nick. »Du würdest meine Uniform schon anziehen, wenn du reinpassen würdest.« Er lässt den Wagen auf der leeren Straße ein paarmal hin und her schleudern und grinst in den Rückspiegel. »Meine Eltern rufen mich jede Woche dreimal an. Tu dies, tu jenes, komm endlich mal wieder nach Hause. Ist das denn zu fassen? Sagen dir deine Eltern auch, was du tun sollst?«

»Meinen Eltern ist piepegal, was ich tue«, sagt Ralph. »Die meiste Zeit sind sie sowieso besoffen. Die interessieren sich bloß dafür, zu Partys in ihrem Rassistenclub zu gehen und mit der High Society herumzuhängen. Wir kommen miteinander aus.«

»Hurra.«

»Meine Eltern wollen, dass ich Ingenieur werde«, sagt Charles, »wie mein Vater. Sie sind stocksauer, weil ich keine einzige technische Übung belegt habe, aber sie sagen mir nicht, dass sie sauer sind. Sie sprechen bloß über meine ganzen Freunde an der Highschool, was sie am College studieren und was für tolle Jobs sie bekommen werden. Was mein Vater macht, würde ich nicht mal für eine Million Dollar machen.«

»Was macht er denn?«, fragt Ralph.

»Er arbeitet bei Dow Chemical. Da verbessert er die Methode, mit der sie Kalziumchloridpellets machen.« Im Geiste sieht Charles seinen Vater nach der Arbeit in die Küche kommen, pudrigen Kalkstaub an den Hosenbeinen, stolz auf den weißen Staub.

»Das wäre vielleicht was für mich«, sagt Ralph.

»Ich hab es satt, dreimal pro Woche angerufen zu werden, als wäre ich noch im Kindergarten«, sagt Nick. »Was ist das Schlimmste, das passieren könnte? Ich könnte verprügelt werden.«

»Du wirst nicht verprügelt werden«, sagt Charles. »Sag deinen Eltern, dass man dich nicht verprügeln wird. Und wenn's dir doch passiert, dann wahrscheinlich nicht, weil du im ROTC bist. Manche Leute werden völlig grundlos verprügelt. Anstelle deiner Eltern würde ich mir Sorgen machen, was nach dem College aus dir wird – wenn du nach Vietnam kommst.«

»Die Chance, dass ich nach Vietnam komme, ist gleich null«, sagt Nick.

»Die Worte eines echten Kriegers«, sagt Ralph.

In den folgenden zwanzig Minuten fahren sie schweigend dahin. Nach einer schäbigen Esso-Tankstelle mit einer einzigen Zapfsäule biegen sie von der Landstraße ab. Die letzten zwei Meilen legen sie auf einem kurvenreichen Feldweg zurück, der auf beiden Seiten von einem Stacheldrahtzaun flankiert wird.

Sie stellen den Wagen vor einen Briefkasten, von dem die weiße Farbe abblättert, und marschieren los. In der Ferne breiten sich Maisfelder aus, so weit das Auge reicht. Die Stengel werden allmählich braun, stehen aber noch aufrecht da. Nick und Ralph tragen die Gewehre, Charles hat die Patronenschachteln. Als sie zu einer leeren Scheune kommen, zeigt Nick den Neulingen, wie man das Magazin lädt, den Gewehrkolben an die Schulter legt, zielt und den Finger durchdrückt wie weiche Butter. Zur Übung feuern sie einige Schüsse auf einen Baumstumpf ab. Beim Abschuss geben die Gewehre einen scharfen Knall von sich.

»Ich hab euch ja gesagt, wie leicht es ist«, sagt Nick. »Egal, wo man die Viecher trifft, sie sind erledigt. Das sind Zweiundzwanziger. Jawoll. Mit einer davon kann man einen Menschen töten. Es ist gut zu wissen, wie man mit Schusswaffen umgeht. Vielleicht muss man sich eines Tages verteidigen, wer weiß. Ich habe mir jedenfalls vorgenommen, immer eine Pistole dabeizuhaben.«

»Jawoll«, sagt Ralph.

Sie folgen dem Fußpfad um die Seite der Scheune und gehen auf die Felder zu. Während sie hintereinander dahinmarschieren, erhebt sich das Land feucht und üppig vor ihnen. Fahle Baumgruppen am Horizont. Der Duft von Geißblatt.

»Wir peilen zweihundertdreiundsiebzig Grad an«, sagt Ralph.
»Ist doch egal, was wir anpeilen«, sagt Charles. »Captain Blanchard kennt den Weg.«
»Ich seh kein einziges Kaninchen.«
»Hier kommen die Kaninchen auch nicht her, Blödmann«, sagt Nick. »Die Beete sind da drüben.« Er deutet auf eine dunstige Stelle in der Ferne.
Jetzt sind sie eine Meile vom Wagen entfernt. Sie gehen schweigend dahin. Gänse fliegen über sie hinweg, schreiend und rauschend, auf der Anhöhe wiegen sich die blaugrünen Gräser sanft im Wind, und in der Luft liegt ein leises Summen von der Ansammlung vieler Millionen unsichtbarer Tiere, die wuseln und kriechen und ihre winzigen Lebensgeräusche von sich geben.
Charles fühlt sich wohl. Er hat den Eindruck, dass sich alle wohl fühlen. Wo ist Juliana jetzt?, fragt er sich. Er stellt sich vor, wie sie in der sonntäglichen Wohnung ihrer Tante auf einem Samtsofa sitzt und der Tante das samtige Haar bürstet. Als sie aufblickt und ihn anlächelt, ist dieses Lächeln unmissverständlich. Sie liebt ihn ebenso, wie er sie liebt. Samtig, seidig, sinnlich. Bitte lieb mich auch. Bitte. Ich werde mich dir weihen. Zu seiner Rechten ein plötzliches Geräusch: Ein Fuchs flitzt durchs Gesträuch, man sieht seine weiße Schwanzspitze. Charles geht auf dem Pfad, im Gänsemarsch, der Mann in der Mitte.
Dann erreichen sie die Beete, planlose Reihen Tomatenstauden, Salat und Kohl, Bohnen, ein höl-

zerner Geräteschuppen. Überall hüpfen Kaninchen umher. Ralph hebt sein Gewehr zum Schuss.
»Noch nicht«, flüstert Nick. »Sobald du schießt, verscheuchst du sie. Wir müssen alle gleichzeitig zu schießen beginnen, dann können wir möglichst oft abdrücken. Wir kriegen jeder fünf, sechs Schuss auf die Reihe.«
Um das nächstgelegene Beet aufzuteilen, stellt Nick Charles und Ralph in fünfzehn Metern Abstand auf. Er selbst wird sich an der Seite im Geräteschuppen postieren und den Feuerbefehl geben. Bisher laufen die Kaninchen sorglos umher, ohne auf die Jäger zu achten. »Sind die nicht toll?«, flüstert Nick erregt. »Ich freu mich so, dass ihr mitgekommen seid. Ich hab's euch ja gesagt, es wird euch Spaß machen.«
Charles steht auf seinem Posten, zielt auf eines der Kaninchen und wartet auf Nicks Zeichen. Nun pulst das Blut spürbar durch seinen Körper. Die Jagd hat etwas Erregendes an sich, sie ist gleichzeitig erregend und schrecklich. Sein Kaninchen ist fünfzehn Meter von ihm entfernt und hat dichtes, braungraues Fell. Er kann seine leuchtenden Augen sehen, seine Füße, groß wie Pantoffeln. Aber Charles' Hände zittern. Bis heute hat er noch nie ein echtes Gewehr in der Hand gehabt. Er wirft einen Blick auf Ralph, der sich konzentriert über seine Flinte beugt. Vielleicht ist Ralph ebenfalls nervös. Wieder stellt Charles sich vor, wie Juliana das Haar ihrer Tante bürstet, und denkt, dass sie wahrscheinlich verabscheuen würde, was er jetzt tut, dass sie nicht verstehen könnte, weshalb er es tut. Dann denkt er

an seinen Vater und daran, wie er ihm als Junge beigebracht hat zu ringen, den Gegner plötzlich zu packen, zu überraschen und ihm ein wenig Schmerz zuzufügen, selbst wenn das gar nicht nötig ist, weil es dem Gegner zeigt, dass man keine Angst davor hat, Schmerzen zu erleiden, und weil es dazu beiträgt, ihn zu demoralisieren.

Auf einmal spüren die Kaninchen Gefahr. Sie rennen los.

»Feuer«, ruft Nick. Sein Gewehr kracht. Sofort wirft Ralph seine Waffe hin, ohne einen Schuss abzufeuern, und hockt sich auf den Boden. Charles sieht ihn aus dem Augenwinkel und drückt zum ersten Mal ab, ohne zu treffen. Er drückt noch einmal ab. Nur er und Nick schießen. Hektisch zielt er auf ein anderes Kaninchen, einen herrlich flinken Schatten, und zieht ab. Wo ist Nick? Nun krachen die Gewehre; ein Knall folgt dem anderen. Ein Kaninchen schreit auf. Im Zickzack flitzen die Kaninchen wild in alle Richtungen, in die umgebenden Felder. Sie sind so flink und schön, Charles muss sie einfach anstarren, obwohl er doch am Schießen ist. Es sind Dutzende, vielleicht Hunderte. Es sieht so aus, als kämen sie aus dem Boden, ihre Bäuche blitzen weiß und grau und braun, sie beschreiben einen raschen, pelzigen Bogen, während sie mit ihren großen Füßen hüpfen und springen, ihre Ohren sind ausgebreitet wie Flügel, und sie erfüllen die Luft mit einem seltsamen, schlurfenden Geräusch. Erneut ein Schrei. Zwei Kaninchen liegen reglos am Boden. Peng! Peng, das Geräusch ist scharf wie ein Peit-

schenhieb. Eine herabfallende Patronenhülse streift seinen Arm und brennt.
Nach wenigen Sekunden sind die Kaninchen verschwunden. Eine Rauchwolke treibt lautlos durch den Garten. Ralph, der immer noch am Boden hockt, stimmt irgendeinen lächerlichen Song an: *Did you see her do the Mississippi Waltz?* Charles dröhnt der Kopf vom Krachen der Gewehre, sein Mund fühlt sich trocken an.
Nach einigen Augenblicken kommt Nick aus dem Geräteschuppen, und gemeinsam gehen sie zu den zwei toten Kaninchen. Das eine hat es aufgerissen, seine Eingeweide liegen neben ihm. Das andere sieht völlig unberührt aus, als schliefe es, den Kopf mit einem pelzigen Ohr bedeckt. Nick bückt sich und betrachtet die beiden Kaninchen, ohne sie zu berühren. Sein Gesichtsausdruck ist seltsam, so hat ihn Charles noch nie gesehen. »Da ist ein Drittes«, sagt er, als er sich aufrichtet. Sechs Meter von ihnen entfernt liegt hinter einer Reihe Kohlköpfe ein weiteres Kaninchen, das zuckt und versucht aufzustehen. »Das gehört dir«, sagt Nick mit seiner seidigen Stimme. »Du hast noch ein paar Patronen übrig. Gib ihm den Gnadenschuss.«
Charles geht zu dem verwundeten Kaninchen und bleibt stehen. »Ich kann nicht«, sagt er.
»Du musst ihm den Gnadenschuss geben«, sagt Nick. »Es ist nicht richtig, es so liegen zu lassen.«
Charles blickt auf das zitternde Tier hinab. Ihm dreht sich fast der Magen um. »Du und dein verfluchter Militärkram. Wenn wir bloß nicht hierher

gekommen wären!« Zum ersten Mal wird ihm klar, wie sehr er Nick verabscheut.
Nick entsichert sein Gewehr und schießt dem Kaninchen in den Kopf. Charles sieht seine Hände zittern. Nick schießt noch einmal, dann lässt er seine Waffe fallen und schlägt die Hände vors Gesicht. Er tritt einen Schritt zurück, stolpert ein wenig und schwankt. Nach einigen Augenblicken sagt er mit gedämpfter Stimme. »Verschwinden wir. Okay?«
Charles erwidert nichts.
»Ich will weg von hier. Gehen wir?«
Charles dreht sich um und sieht zum ersten Mal den See, eine blau schimmernde Perle in der Ferne.

Nach dem Jagdausflug zuckt Charles bei jedem lauten Geräusch zusammen. An manchen Tagen erträgt er nicht einmal das Rufen der anderen Studenten in den Fluren oder das Knallen einer Tür. Einsamkeit und Ruhe, das ist alles, was er will. Und Juliana.
Abends arbeitet er an seinem kleinen Schreibtisch in der Bibliothek, drei Stockwerke unter der Erde. Dort hat er Stille gefunden. Von Zeit zu Zeit schlüpfen die Fragmente gedämpfter Stimmen durch die Regale, akademische Diskussionen, persönliche Bekenntnisse, die von der labyrinthischen Akustik und dem muffigen Geruch alter Bücher in den engen, schlummernden Gängen verstärkt werden. Dann der mitternächtliche Heimweg: die feuchte Herbstluft, die Laternenpfähle, die ihre scharfen, stiftähnlichen Schatten werfen.

Wieder hat er die Stunden gezählt, bis er sie wiedersehen kann. Und er hat sein Gedicht für sie vollendet. *Eine Stunde Ewigkeit, ein kurzer Blick in deine Augen …* Außerdem wird er ihr ein Buch von Emily Dickinson mitbringen. Es wird ihm Freude bereiten, ihr Geschenke zu machen.

Spät am Donnerstagabend, dem Tag, bevor er sie besuchen soll, kommt er in sein Zimmer und findet eine Nachricht vor: Er solle nicht nach New York kommen. In einigen Tagen werde sie wieder anrufen. Er ist außer sich. Nach einer schlaflosen Nacht ruft er in ihrem Tanzstudio an. Eine gereizte Frauenstimme meldet sich und sagt, die Probe beginne erst mittags. Unter der Woche tanze Juliana dort täglich von zwölf bis fünf. Er solle mittags wieder anrufen. Wo ist sie jetzt?, fragt er. Am St. Mark's Place, dort absolviere sie unter der Woche täglich von halb zehn bis elf ein Training, aber dort gebe es kein Telefon. Angestrengt versucht er, sich an den Namen der Tante zu erinnern.

Nach seinem Seminar in moderner europäischer Geschichte geht er ins Studentenzentrum, um wieder im Studio anzurufen. Ja, sie sei da, aber die Probe sei in vollem Gang und sie dürfe nicht gestört werden.

Am Abend erreicht er sie bei Frankie's. Am Telefon ist sie lieb, aber auch nervös und unbestimmt. Sie sei krank gewesen, sagt sie. Dies sei kein guter Ort, um sie anzurufen, sie könne nur kurz sprechen, sie werde ihn morgen oder übermorgen zurückrufen. Wann?, will er wissen. Er werde dann am Telefon warten. Sie könne jetzt nicht reden, sagt sie, und

werde sich dann melden. Sie legt auf, und er fühlt sich, als wäre alles Blut aus ihm gewichen.
Kurzzeitig überlegt er, ungebeten in ihrem Studio aufzutauchen. Wenn er ihr Gesicht sehen könnte, nur eine Sekunde, dann wüsste er vielleicht, ob er ihr etwas bedeutet. Aber der Einfall verflüchtigt sich in Selbstzweifeln. Er ist von Frauen schon zu oft zurückgewiesen worden, um sich einer weiteren zu öffnen. Also hat sie doch nur mit ihm gespielt.
In den folgenden Tagen verliert er das Interesse am Unterricht. Die vertraute Leere. Seine Bücher liegen schwer und ungeöffnet auf dem lackierten Schreibtisch neben seinem Bett. Die meisten Tage verschläft er wie ein Betrunkener. Er muss über sie hinwegkommen. Auch das ist nichts Neues für ihn.
Dann, eine Woche später, ruft sie mitten in der Nacht an und weckt all seine Mitbewohner. Ob er morgen ins Studio kommen könne, um ihr bei der Probe zuzuschauen? Ja, erwidert er augenblicklich. Sie habe ihn vermisst, sagt sie. Bevor er nachdenken kann, hat sie aufgelegt.

8

Am nächsten Tag regnet es. Mit dem Mittagsbus nach New York verlässt er den Campus und erreicht das Studio von Morla Magay um halb drei. Wie um sein Elend zu vermehren, hat er trotz des Wetters keinen Regenmantel mitgenommen und ist durchnässt bis auf die Haut. Als er das Studio betritt, tanzt Juliana gerade einen Pas de deux. Tony lehnt an einem eisernen Heizkörper, pafft seinen Zigarettenstummel und klatscht den Takt zur Musik. Tschaikowsky. Kann er die Augen schließen und nur zuhören? Kann er sich einige Minuten lang vergessen?

Lynn, die auf der anderen Seite des Raumes steht, entdeckt ihn und schwebt am Pianisten vorbei. »Du kannst wohl die Finger nicht von ihr lassen«, flüstert sie und lächelt. »Oder bist du wegen mir gekommen?« Sie steht sehr nah bei ihm, so nah, dass er an ihrem Hals eine Ader pochen sieht.

»Ich hab gehört, Juliana ist krank gewesen«, sagt er. »Geht es ihr besser?«

»Ach, hat sie das erzählt?«, sagt Lynn. »Wir sind alle

krank. Verhungert und krank. Wir würden uns dafür umbringen. Wenn ich nicht tanzen würde, würde ich zehn Pfund mehr wiegen.« Zehn Pfund wären immer noch viel zu wenig, denkt er. Durch ihr Trikot hindurch kann man die Rippen zählen. »Juliana sagt, du bist Ringer.«

Sie sehen zu, wie Juliana und ihr Partner durch den Raum wirbeln und schweben. Wenn Juliana tatsächlich krank war, ist davon jetzt nichts mehr zu sehen. Mühelos hält sie die Schwanenpositionen und entfaltet sie in einer Linie. Ihr Partner stürmt auf sie zu, sie zieht sich scheu zurück. Prinz und Schwanenkönigin sehen ekstatisch verliebt aus, und sie vermitteln ihre Liebe vollständig durch ihr Mienenspiel und ihre Bewegungen. Charles merkt, dass er eifersüchtig auf den Tänzer ist, eifersüchtig auf jeden Blick, auf jede Berührung von Julianas Händen und Taille. Er kann kaum hinsehen.

»Woran denkst du?«, fragt Lynn.

»An einen Traum«, erwidert er.

»Juliana arbeitet sehr hart.« Lynn macht vor ihm ein paar Dehnungen, aber als er sie nicht beachtet, geht sie davon. Einen Moment lang denkt er, er sollte auch weggehen, dieses Studio verlassen und nie wiederkommen, zurückkehren zu … was?

Als die Probe vorüber ist, gibt er Juliana den Gedichtband, und sie scheint sich zu freuen. Sie fordert ihn auf, sie zu Frankie's zu begleiten. »Wieso?«, fragt er, während er die Tür für sie aufhält. »Wieso sollte ich mit dir zu Frankie's gehen?« Er ist verwirrt, verletzt, verliebt, alles zugleich.

»Muss ich das denn erklären?«, fragt sie leise. »Komm einfach mit.«
»Wieso hast du das letzte Mal abgesagt, am Abend vorher?«
»Bitte hör auf, mir Fragen zu stellen. Ich bin gern mit dir zusammen.« Sie schiebt ihre Hand in seine, und er schmilzt dahin.
Als sie um Mitternacht mit Kellnern fertig ist, führt sie ihn ins Studio zurück. Schweigend steigen sie die drei Treppen hoch, er folgt ihr, die Füße klatschen leise auf die Steinstufen. Sie hat einen Schlüssel. Im Dunkeln gehen sie durchs Studio, am schattenhaften Umriss des Klaviers vorbei, nach hinten und hinaus in einen engen Flur. Erst als sie die schmale Tür der Damengarderobe erreicht haben, macht sie das Licht an. Die Tänzerinnen haben ihr Kabuff in ein Feldlager verwandelt. Die Ablage unter dem großen, länglichen Spiegel ist mit Lippenstiften, Mascara, Haarklemmen, Kämmen und Bürsten, Haarspray und Kosmetiktüchern, Brennscheren, farbigen Schminkstiften und getrockneten Blumen übersät. Die Fotos von Liebhabern, die an die niedrige Decke gepinnt sind, würde der leiseste Luftzug wegblasen, aber in diesem Innenraum eines Innenraums regt die Luft sich nicht.
Sie schließt die Tür und hängt ihre Tasche an einen Kleiderständer voller Kostüme und seidiger Büstenhalter. Es ist so still, dass sie das Ticken der Uhr im Studio am anderen Ende des Flurs hören können. Dann dreht sie sich um und küsst ihn.
Als er sie umarmt, fällt ihm zum ersten Mal das

kleine Muttermal an ihrer Lippe auf. Selbst ihre kleinen Unvollkommenheiten machen sie noch vollkommener. Er betrachtet ihr Gesicht und versucht, sie zu ergründen.
Ohne zu sprechen, zieht sie langsam erst sich aus und dann ihn. Sie hat feste, perfekte kleine Brüste, genau wie er es sich vorgestellt hat. Er spürt sich zittern, und sie hält ihn fest, drückt ihn an ihre glatte Haut. An die Wand gelehnt, lieben sie sich. Ihr Körper ist zart, geschmeidig, vollkommen. Er denkt, sie sei wie für ihn geschaffen. Zuerst zeigt sie ihm genau, wie er sie berühren soll, dann verschlingt er sie. Sein Hunger ist gewaltig, als hätte er sein Leben lang gehungert. Er verschlingt sie, ihre Arme und Beine, die länglich glühen in der Nacht, den langen Bogen ihres Körpers, duftend und heilig. Ihr Ozean durchströmt ihn, er ertrinkt in ihr, er will sie ganz und gar, trinkt ihre ganze Schärfe und Süße. Er ertrinkt und freut sich daran. Irgendwo bewegt sie sich gegen ihn, geräuschlos, als tanzte sie, außer an ihrem Höhepunkt, als sie aufschreit. Der Schrei rauscht, birst und hallt in seinen Ohren. Seine eigene Entladung ist so stark und so unglaublich, dass er von ihrem Gipfel in eine tiefe Besinnungslosigkeit stürzt. Als er wieder zu Bewusstsein kommt, steht er noch immer an der Wand, in sie verschachtelt. Sie aber betrachtet ihren Körper im Spiegel.

Kurz vor der Morgendämmerung verlässt sie ihn, um zur Wohnung ihrer Tante zu fahren. »Ich muss kurz dort auftauchen«, sagt sie und zieht sich hastig an. Sie sagt ihm, er solle zu ihrem Morgentraining bleiben, nur noch ein paar Stunden, dann könne er an sein College zurückkehren. Er wird alles tun, was sie verlangt. Sie schreibt die Adresse auf ein zerknittertes Stück Papier, küsst ihn und ist fort. Erschauernd lauscht er ihren Schritten auf dem Studioboden, dem leisen Schließen der Eingangstür.

Er schläft ein wenig und blättert in Zeitschriften, dann fährt er mit der U-Bahn zum St. Mark's Place, wo ihr Training stattfindet. Als sie kommt, küsst sie ihn rasch auf die Lippen, dann beginnt sie mit ihren Dehnungen, um sich aufzuwärmen. Alle fangen an der Stange an. Die Tänzerinnen und Tänzer tragen allerhand bunt zusammengewürfeltes Zeug: Trikots mit schillernden Turnhosen, abgeschnittene Strumpfhosen und Kniestrümpfe, Beinwärmer, Sweatshirts und T-Shirts, Ballettschuhe mit fließenden Bändern, aufgeknöpfte weiße Hemden, die sich bauschen, eng anliegende Mützen und Stirnbänder. Doch die Atmosphäre ist bitterernst. Niemand scherzt, niemand spricht. Alle konzentrieren sich schweigend auf ihren Körper. Die Tänzer sind schnittige Sportwagen, und dies ist die Werkstatt, in der sie geölt, eingestellt und fein abgestimmt werden.

»Plié«, sagt die Lehrerin, eine Frau mittleren Alters mit grimmiger Miene. Während sie mit den Fingern den Takt zur Musik schnippt, schreitet sie vor den Reihen der Tänzer an den Stangen auf und ab. »Tendu.« Die Beine strecken sich zur Seite. Mit den Armen zeigt sie, wie sie es haben will: »Zwei nach

vorne, zwei zur Seite, zwei nach hinten.« Alle bewegen sich im Einklang wie ein Garderegiment.
Auf wundersame Weise treffen sich ihre Blicke, und sie lächelt. Sie liebt ihn, ganz bestimmt.
»Rond de jambe«, bellt die Lehrerin. Die Beine zeichnen kleine Kreise in die Luft. »Fondu.« Dieser Pianist hat offenbar Humor, denn er stimmt »Ragtime« an, um das Blut in Fluss zu bringen und den leidenschaftlichen Ehrgeiz zu entschärfen, der in der Luft liegt.
Später treten die Tänzer in die Mitte des Raumes und beginnen mit Pirouetten. »Fondu, strecken, à la seconde, rond de jambe, plié, pas de bourrée, tendu, plié, à la quatrième, pirouette.« Er ist ein Reisender in einem fremden Land.
Er fühlt sich fallen. Jede Minute will er mit ihr verbringen, er will sie besitzen, ihre Reinheit, ihren Körper, ihren Geist. Sie ist, worauf er gewartet hat. Nun kann er leben. Wie zum allerersten Mal schaut er hinaus und sieht. Gemälde. Luft. Raum. Sonnenlicht strömt durch die zwei großen Fensterflügel und leuchtet in gestuften Kaskaden auf den Blütenblättern der hängenden Geranien, der Messingstange an der Wand, dem abgenutzten Holzboden. Vielleicht können wir etwas vom menschlichen Dasein begreifen, wenn wir verliebt sind, denkt er. Poesie und Liebe.
Im Bus zum College bemerkt er kaum den scharfen Rand des Sitzes, das Halten und Losfahren in jedem kleinen Ort. Stattdessen brennen ihm einzelne Augenblicke der gemeinsam verbrachten Nacht wie

heiße Sterne im Gedächtnis. Ihr entzückter Blick, als sie sein Gedicht gelesen und wieder gelesen hat. Die Art und Weise, wie sie ihm den Kopf an die Schulter gelegt und seine Hand ergriffen hat. Die schmerzvolle Lust in ihrem Gesicht, als er sie geliebt hat. Ihr gellender Aufschrei. Alles Geschenke, die er im Herzen trägt. Er will sich ihr immer wieder schenken. Ihr Geruch ist an seinem ganzen Körper.

Ihr Duft, ja, ich glaube, ich kann ihn nach all den Jahren immer noch riechen. Nach all den Jahren bin ich noch immer überwältigt, ich kann mich nicht bezähmen. Seltsam, wie ein Geruch ausdauernder ist als alle anderen Empfindungen und Worte. Da saß ich und erduldete diese endlose Busfahrt, die ich so oft machen sollte, mit ihrem Geruch auf meinen Beinen und an meiner Brust. Natürlich erinnere ich mich an ihren Duft. Schweiß mit Parfüm gemischt, nicht wahr? Doch selbst der Schweiß war an Juliana fein und delikat; er machte mich so rasend vor Begierde, dass ich ihn manchmal von ihrem Körper leckte. Besonders aus der Mulde zwischen ihren Brüsten. Ihre Haut verströmte einen natürlichen Lavendelduft, als hätte sie gerade eben in einem Feld mit diesen blassblauen Blüten gebadet. Wie könnte ich das vergessen!

Und die Garderobe der Tänzerinnen. So viele Male habe ich in den vergangenen dreißig Jahren ihre schmale Tür geöffnet. Der lange Spiegel, die winzigen Glasfläschchen, die klirrten und klapperten, der malvenfarbene Seidenschal, der unter die Decke gespannt war. Aber die Kostümablage war nicht in der

Garderobe, sie war draußen im Flur. Eigentlich keine Kostümablage, sondern nur eine Reihe von Holzpflöcken in der Wand. Wir trugen die Kostüme in die Garderobe und breiteten sie auf dem Boden aus, um uns darauf zu legen, auf unser bunt schillerndes Lager, unser einziges Bett in diesen Monaten. Und die Tür aus lackiertem Sperrholz, kaum in der Lage, die sexuellen Detonationen zu dämpfen, die aus der kleinen Kammer kamen.

Welch eine Nacht, jene erste Nacht mit Juliana, die erste Nacht meines Lebens. Ein ganzes Universum wartete auf mich. Ich war selbst ein Universum. Wie prachtvoll leichtsinnig ich doch war. Mit grandioser Torheit vergeudete ich meine Stunden. Sechs Stunden habe ich in Frankie's Kunstledernische auf sie gewartet, weitere vier saß ich alleine am Schminktisch in der Garderobe, während sie bei ihrer Tante duschte. Die Stunden hatten keinerlei Bedeutung. Mit Freuden hätte ich viele weitere Stunden vergeudet, denn was bedeutet Zeit für den verschwenderischen Übermut der Jugend? Wenn sich eine Unendlichkeit von Stunden und Jahren vor einem ausbreitet, was kommt es da auf ein paar Stunden hier und da an? Ich war unsterblich.

Ich war unsterblich. Jetzt bin ich krank vor Neid. Ich könnte diesem jungen Burschen in den Hintern treten. Wenn ich auf mein zweiundzwanzigjähriges Ebenbild hinabblicke und die faltenlose Haut sehe, den straffen Körper, die klaren Augen, die rohe Kraft und Leidenschaft … damals hat die Welt auf mich gewartet, und ich war daran so wenig interessiert, als hätte ein Onkel mir zum Geburtstag ein unbedeutendes Geschenk gemacht. »Vielen Dank, lieber Onkel, für dieses kleine, obligatorische Geschenk. Ich bin nicht völlig undankbar, aber das nächste Mal danke ich dir vielleicht überhaupt nicht, weil ich ein tausendmal größeres Geschenk verdiene. Tausend Geburtstage warten hinter dem Horizont, und was bedeutet da ein kleines Geschenk? Tut mir leid, aber damit kann ich nicht viel anfangen.« Das war meine Haltung. Wie prachtvoll, wie dekadent. Soll die Welt doch warten. Mir wird regelrecht übel.

Natürlich wäre jeder krank vor Neid, und ich verplaudere mich, aber ich will etwas deutlich machen. Junge Menschen platzen geradezu, wenn sie die Welt und die Neuheit des Lebens entdecken. Lange Zeit schlafen sie in ihrem winzigen Kokon, bis sie eines Tages plötzlich aufwachen, vielleicht innerhalb eines Augenblicks, wie in dem Augenblick, in dem Juliana mich das erste Mal geküsst hat, und sehen das Universum taumelnd und keuchend vor sich. Unendlichkeit. So viele Dinge geschehen zum ersten Mal. Was junge Menschen nicht erkennen, ist, dass so vieles auch zum letzten Mal geschieht. Die Welt öffnet und schließt sich zur selben Zeit.
Der erste Kuss, der erste Liebestaumel, das Spiel des Lichts in den Bäumen an einem bestimmten Herbsttag, die endlos strömende Kraft in unseren Oberarmen und Schenkeln. Wir geben uns der Illusion hin, dass dies alles immer wieder geschehen wird. In

gewisser Weise ist diese Unaufrichtigkeit der Jugend noch schmerzhafter als die Verzweigung der Kanäle weiter vorn, denn junge Menschen sind sich des Augenblicks des ersten Kusses sehr bewusst, des ersten Liebestaumels und so weiter. Sie sind sich dessen ungemein bewusst. Ihre schreckliche Fehlkalkulation besteht darin, zu denken, diese Augenblicke würden sich in der Unendlichkeit der Zeit wiederholen, ohne dass Körper und Geist sich veränderten.

Klinge ich pedantisch? Ich sage »wir« und »junge Menschen«, aber eigentlich meine ich mich. Ich war ein junger Mensch. Ich dachte, diese Augenblicke würden sich in der Unendlichkeit der Zeit immer von neuem wiederholen. Ich dachte, mein Geist und mein jungenhafter Körper würden bleiben, wie sie waren. Ich dachte, ich würde Juliana Woche für Woche tanzen sehen, Jahr für Jahr. Ich glaubte, ich könnte ihren Körper an mich drücken, wann immer ich es wollte, immer mit ihr über Tanzen und Dichtung sprechen, für immer zuschauen, wie sie sich im Waschbecken der Garderobe behutsam die Beine rasierte, wie die rosige Rundung langsam aus dem Weiß auftauchte. Ich dachte, sie würde mich lieben und das für immer und ewig.

Obgleich ich bereit war zu leiden, kam mir nie in den Sinn, dass sie mich womöglich benutzte, wie Lena Ulrich benutzt hat. Es kam mir nie in den Sinn, sie könnte mich und andere Männer nur zum Zweck einer Befreiung brauchen, die das Ballett ihr nicht verschaffen konnte. Vielleicht waren diese unzähligen Pirouetten und Kniebeugen steifer, als sie aussahen, vielleicht verweigerten sie ihr eine bestimmte Totalität physischer Erfahrung, so dass sie – oder zumindest ihr Körper – darüber hinaus eine Kette gigantischer Orgasmen brauchte. Es kam mir nie in den Sinn, sie könnte womöglich von einem Mann zum anderen schweifen, um zu vermeiden, verlassen zu werden. Oder um zu vermeiden, wie eine Göttin verehrt zu werden, was sie gleichermaßen genoss und verachtete.

Die Ironie liegt darin, dass sie Tänzerin wurde, um eine gewisse Kontrolle über ihren Körper zu erlangen, da sie sonst nichts in ihrem Leben kontrollieren konnte. Sie ... aber das sind nur Vermutungen. Schon damals habe ich sie nicht begriffen, und jetzt begreife ich sie ebensowenig. In vieler Hinsicht war sie wie meine Frau, die ich auch nie begriffen habe. Auch Barbara kam aus einer zerrütteten Familie, auch sie hatte sich mit Haut und Haaren einem Beruf verschrieben, in ihrem Falle der Juristerei. Sie war immer wesentlich ehrgeiziger als ich und nahm mir das ein wenig übel, ohne direkt zu sagen, ich hätte mich für eine Dozentur an einer der großen Eliteuniversitäten bewerben sollen, ich hätte Bücher schreiben sollen statt sie zu lesen; ohne zu sagen, dass es ihr lieber gewesen wäre, mich nicht in Bademantel und Pantoffeln vorzufinden, wenn sie um sieben Uhr abends nach Hause kam und sich von mir den Nacken massieren lassen wollte. Sie ärgerte sich, weil sie wesentlich mehr Geld verdiente als ich. Barbara stammte von Leuten ab, die nichts besaßen, von Milchbauern aus Pennsylvania, und sie hätte überglücklich sein sollen über ihr hohes Gehalt, die Jurazeitschrift, die renommierte Kanzlei, ihren kultivierten Freundeskreis. Und doch wollte sie mysteriöserweise, dass ich für Sicherheit sorgte. Nein. Dazu war ich nicht bereit. Ich war glücklich über ihren Erfolg, ich gratulierte ihr ständig dazu, aber ich war nicht bereit, mein Leben zu ruinieren, indem ich versuchte, ihren Erfolg zu übertreffen, vor allem nicht aus einem illusorischen und irrationalen Grund. Sie hat mich geliebt, das muss ich ihr lassen. Sie hat geweint, als ich mich auf einer Wanderung im Yosemite-Park verirrt hatte. Sie hat geweint, wenn Emily und ich gestritten haben und als ich ihr gesagt habe, ich könne nicht mehr mit ihr zusammenleben. Als wir uns dann getrennt haben, hat sie mir alles überlassen, weil sie wusste, ich würde es nehmen. Hat mir ihren Erfolg unter die Nase gerieben.

Und ich habe vergessen, worauf ich hinauswollte. Worum ist es gegangen? Ich habe von Juliana erzählt. Wenn ich manchmal zwischen zwei Proben ins Studio kam, saß sie mit Lynn auf dem Boden. Die beiden hatten ihre langen Beine ausgestreckt und blätterten in irgendwelchen Modezeitschriften. Vor einer halben Ewigkeit. »Mit dem würde ich meine Zeit aber nicht vergeuden«, sagte Juliana dann, zeigte auf einen der Dressmen und nahm einen Schluck aus ihrer Thermosflasche. »Solche Männer bemerken dich nicht mal.« Dann flüsterte Lynn etwas, und die beiden kicherten wie Schulmädchen und versteckten die Zeitschrift unter einem Sweatshirt,

sobald sie mich sahen. Ich erinnere mich, dass sie manchmal ganz leise ein Kirchenlied summte, nur für sich allein. Als kleines Mädchen war sie im Kirchenchor gewesen; das war eines der wenigen Dinge, die sie mir über ihre Kindheit erzählt hatte. Ich glaube, in einer methodistischen Kirche. Ihre Singstimme war klar, anmutig und beschwingt, und ich glaube, es tröstete sie irgendwie. Bat ich sie, lauter zu singen, merkte sie, dass ich zugehört hatte und hörte ganz auf. Juliana besaß eine bezaubernde Schüchternheit, die sich mit ihrem Ehrgeiz und Elan vermischte. Ihr Singen war das Einzige, wonach ihre Mutter fragte, wenn sie alle paar Monate anrief. Sie fragte nie nach ihrem Tanzen, nie, wo sie wohnte und arbeitete. Auch nach der Tante erkundigte sie sich nie. Singst du?, fragte ihre Mutter. Soweit ich sagen kann, waren es immer extrem kurze Telefongespräche, nach denen Juliana immer eine Mahlzeit ausfallen ließ und noch mehr hungerte als üblich. Anschließend bat sie mich, sie am nächsten Wochenende ins Kino einzuladen, was ein seltener Ausflug für uns war.
Wieso habe ich eigentlich an ihr Singen gedacht? Es ist gleichgültig. Heute ist ein Samstagmorgen, der Tag, an dem sie mich zum ersten Mal im College besucht hat. Vor Ungeduld bin ich früh aufgestanden und verbringe die Wartezeit am Fenster meines Wohnheimzimmers. An dieses Fenster erinnere ich mich gut. Ich erinnere mich an die abblätternde weiße Farbe, die an den Rändern leicht abgeschrägten Bleiglasscheiben, an den Riegel, der nicht passte. An

diesem Fenster habe ich viele Stunden verbracht. Es hat mein Herz gerahmt. Alleine saß ich auf der Fensterbank und blickte hinaus. Worauf? Versuchte ich, mir in dem leicht ansteigenden Fußballplatz meine Zukunft auszumalen? Versuchte ich, die Umwälzungen in meinem Körper zu begreifen, die Bedeutung von frischer Liebe und Beklemmung? Versuchte ich, eine Verbindung zwischen dem unendlichen Zeitraum vor meiner Geburt und dem unendlichen Zeitraum nach meinem Tod herzustellen? Ich sehe das vertraute Fenster und die leicht ansteigenden Sportplätze dahinter; und ich sehe den jungen Burschen, den jungen Mann.

Es ist ein Samstag, der Tag, den sie normalerweise mit dem Wocheneinkauf für ihre Tante verbringt. Als er sie am Busbahnhof empfängt, fällt sie ihm um den Hals und sagt, trotz der grauenhaften Fahrt freue sie sich unheimlich.

»Du siehst müde aus«, sagt er.

»Ein wenig bin ich's auch«, erwidert sie, »aber ich will alles sehen. Zeig mir all deine Lieblingsplätze. Ich werde so tun, als würde ich hier studieren. Ich seh ja die Studenten von der NYU und weiß genau, wie sie gehen. Ich kann genau wie ein Mädchen vom College gehen.« Sie tänzelt ein paar Schritte vor ihm her und wiegt sich dabei in den Hüften. »Schau, wenn ich will, bin ich ein Collegegirl.«

Er gibt ihr einen Blumenstrauß, den sie in einen Arm legt und trägt wie die Königin eines Studentenballs.

Über die Wege des Campus sind bunte Herbstblätter verstreut. Es ist ein Footballwochenende, und die Studenten promenieren mit ihren Mädchen umher; sie flirten und lachen und lärmen mit ihren Hupen. Die Wege riechen nach Bier. Aus offenen Wohnheimfenstern ein trunkenes Durcheinander von Musik.

Ihre zarte Hand in der seinen, schlendert er mit ihr zum rasenbewachsenen Hof zwischen Davis und Smith Hall, zur Kapelle, genau in dem Moment, als die Glocke zu schlagen beginnt, zu der stattlichen Reihe von Pappeln entlang des diagonalen Wegs. Wohin sie auch kommen, ziehen sie die begehrlichen Blicke seiner Kommilitonen auf sich. Genießt sie es, im Mittelpunkt des Interesses zu stehen? Cunningham, wie üblich ohne weibliche Begleitung, Wayne Manning, der trotz des kühlen Wetters nur sein anzügliches T-Shirt trägt, Phillipe Renault mit seinem öligen Haar und seiner erotischen französischen Art, alle wollen sie kennenlernen. Sie unterhalten sich ein wenig zu lange mit ihr, und er lässt ihre freie Hand nicht los.

Auf dem Weg zu seinem Büro kommt Professor Galloway vorbei, und auch er bleibt stehen, um einige Minuten mit ihr zu plaudern. Wie die anderen ist er offenkundig hingerissen von ihr. »Also das ist Ihre Stunde Ewigkeit«, sagt er zu Charles, während er sie betrachtet. Sie errötet. Wie kann Galloway es wagen, auf sein Liebesgedicht an sie anzuspielen! Denkt sie womöglich, er hat sein Gedicht auf dem ganzen Campus ausposaunt? Wie um die Beleidigung auf die Spitze zu treiben, greift Galloway in seine Aktentasche und überreicht Juliana eines seiner eigenen dämlichen Gedichte.

Charles zieht sie weg. Sie haben nur wenige Stunden, und er will sie für sich allein.
»Komm mit«, sagt er. »Wir werden Taschenlampen brauchen.«
Er führt sie über den Campus zum Physikgebäude, eine Holztreppe hinab in den altertümlichen Keller, zum Ende des Flurs und in einen dunklen Raum. »Hier drin gibt's keinen Strom, zumindest keine Lampen, die funktionieren. Das muss früher der Keller des alten College gewesen sein.« Im Raum riecht es nach Öl, Graphit, Staub und Alter.
»Was ist das für ein Raum? Es ist eiskalt hier.«
Er glaubt, es sei eine Art Lager für wissenschaftliche Gerätschaften gewesen, vor fünfundsiebzig Jahren oder mehr. Langsam lenkt er den Strahl seiner Taschenlampe über die merkwürdigen Instrumente auf den Regalen, erleuchtet nacheinander Glastiegel, aus denen sich Leitungsdrähte winden, große, auf Stangen montierte Messingkugeln, aufgerollte Leitungen, fein wie Spinnfäden, Batterien, so groß wie Truhen, ineinandergreifende Zahnräder, verbunden mit Rollen und Kurbeln, silberne Kanister und Platten, Röhren und Kugeln, durch ein Labyrinth aus Messingstäben miteinander verbundene Metallzylinder, Glaskugeln mit komplizierten Krümmungen und Ausbuchtungen, Mikroskope und Teleskope aus Messing, Prismen, riesige Glasscheiben, die von scharfen Metallklauen gehalten werden. Es sind

heilige Objekte, die eine frühere Zivilisation ausgemustert hat.

»Das ist wunderschön«, sagt sie, »besonders, weil ich nicht weiß, was man damit anfangen kann.«

»Ja.« Er richtet seine Taschenlampe auf eine riesige Silberkugel und sieht Juliana im sprühenden Licht. Er liebt ihre Freude über das, was er ihr gezeigt hat, und ihre Freude darüber, wenn er ihr Gedichte vorliest. Oder die Weise, wie sie in der Garderobe der Tänzerinnen neben ihn auf die Liege kriecht.

Dem Kegel der Lampe folgend, gehen sie an den Wänden entlang. Wie in einer Kirche sprechen sie flüsternd, und ihre Stimmen werden verschluckt von den dunklen Höhlungen des Raumes, den er in seinem ersten Studienjahr entdeckt hat, ohne es irgendjemandem mitzuteilen, als wäre er das Innere seines Körpers. Er ist sein Geheimnis und nun auch das ihre. Hier sind sie fern von Landkarten, Menschen, der Welt von Tischen und Stühlen. Er fragt sie, ob sie die Stadt vermisse, in der sie aufgewachsen sei, und sie erwidert, sie vermisse die Berge, ihre feine Bläue, mit der sie frühmorgens aus dem Himmel geschmolzen seien. Sie würde gerne einmal mit ihm hinfahren, sagt sie, und er lacht, wohl wissend, dass das nie geschehen wird. Sie sagt, sie hätte vor ihrem Fenster in Manhattan gern einen einzigen Berg, einen kleinen, gerade hoch genug, um sich im Schlaf daran anlehnen zu können, ein Ruhekissen gegen das Geräusch der Busse und Personenwagen. Das sei alles, was sie an Virginia vermisse. Er sehne sich nach dem Michigansee, erzählt er ihr, danach, wie er jeden

Tag anders ausgesehen habe, wie ein neuer Mensch. Er sehne sich danach, im Sommer mit seinen Eltern auf der kleinen Veranda zu frühstücken, und er vermisse die Haare seiner Schwester im Waschbecken. Aber jetzt sind er und Juliana hier zusammen. Hier.

Er will ihr etwas zeigen, was sie nie vergessen wird. Er lässt sie seine Taschenlampe halten und kurbelt an einem Griff, der am Sockel einer der Glasscheiben angebracht ist. Schneller. Die Metallklauen sprühen Funken wie winzige Blitze. Er kurbelt kräftiger. Die Scheibe erglüht in einem matten Blau, ein riesiges blaues Auge in der Nacht, ein blauer Mond. Die Luft knistert. Er kurbelt weiter. Nun wird ihr Gesicht vom blauen Licht erleuchtet, und ihre Haut wird blau wie in der Nacht, in der sie sich auf dem Boden des Studios geliebt haben, als blaues Neonlicht durchs Fenster gefallen ist und ihren Körper übergossen hat.

Sie schließt die Augen, hält sich an ihm fest. Als sie gerade bei ihrer Tante eingezogen sei, sagt sie, habe es in der Nacht gewittert, und sie habe sich erschrocken versteckt, bis ihre Tante sie zu sich ins große Bett geholt und ihr erzählt habe, Blitze seien der Nähfaden der Engel. Blaue Fäden. Nun sind ihre geschlossenen Augenlider blau.

»Küss mich«, flüstert sie. »Weißt du, dass ich glücklich mit dir bin? Glücklich, mit dir hier zu sein.«

9

Als sie später am Nachmittag über den Campus gehen, hat das Sonnenlicht einen unnatürlichen Schein. Hand in Hand schlendern sie durch den Präsidentengarten. Die Astern stehen noch in Blüte, und die feinen blassroten Blütenblätter, die aus der lohfarbenen Mitte wachsen, erinnern ihn an sie.

»Bleib über Nacht bei mir«, flüstert er. Sie antwortet nicht. »Magst du denn nicht?«

Sie setzen sich auf eine Bank am alten Steinbrunnen, so nah, dass sie auf ihren Wangen einen leichten Sprühregen spüren. Er bemerkt, wie anmutig sie die Hände im Schoß faltet, den langen Bogen ihres Halses. Seit sie den Keller der Blitze verlassen haben, sieht sie zerstreut aus. »Was ist denn?«, fragt er.

»Beim City Ballet lässt man mich nicht vortanzen«, sagt sie.

»Wieso nicht?«

»Balanchine nennt keine Gründe. Es gibt Hunderte von Leuten, die am City Ballet tanzen wollen. Aber sie werden mich vortanzen lassen, ganz bestimmt.«

»Vielleicht nimmt Balanchine gerade niemand Neuen auf.«
Ein gereizter Schatten fliegt über ihr Gesicht. »Den Spruch kannst du dir sparen. Natürlich nimmt er neue Leute auf. Er lässt mich schon noch vortanzen. Tony sagt, ich werde immer besser. Sonntags gibt er mir jetzt Privatstunden. Letzte Woche hat Miss Magay mich tanzen sehen. Ich komme noch ans City Ballet. Ich muss mich bloß mehr anstrengen, das ist alles.«
Er merkt, dass er sich über sie ärgert, in erster Linie, weil sie nicht über Nacht bleiben will. In zwei Monaten hat sie ihm nie mehr als ein paar Stunden mit ihr zugestanden, wenn sie nicht getanzt oder gearbeitet hat. Nicht ein einziges Mal hat sie ein Training oder eine Probe ausfallen lassen, um mit ihm zusammen zu sein. Und nun ist auch noch ihr Sonntag belegt.
»Ich hab Hunger«, sagt sie und zieht ihren weißen Tupperware-Behälter aus der Handtasche, wie üblich mit einem hart gekochten Ei, einer Karotte und einer Scheibe Brot.
Einen Augenblick will er ihre Spatzenmahlzeit zu Boden schleudern und sie in den Keller des Physikgebäudes zurückschleppen, um sie dort gefangenzuhalten und ihr seinen Willen aufzuzwingen. Manchmal kann er es nicht ausstehen, dass sie Tänzerin ist.

Aber in anderen Augenblicken wünscht er sich, selbst tanzen zu können, um ihr Partner in *Schwanensee* und *Les Patineurs* und all den anderen Balletten zu sein, von denen er noch nie gehört hat. Um jede Sekunde mit ihr verbringen zu können. Ein Großteil ihres Lebens bleibt ein Geheimnis für ihn. Er weiß nichts über ihre Mutter, kennt nicht einmal ein Bild von ihr, weiß nichts davon, wie sie aufgewachsen ist, nichts von ihren Freunden oder Freundinnen außer von Lynn. Erzählt er ihr etwas von sich selbst, will sie es nicht wissen. Jedes Mal, wenn sie sich in der Garderobe geliebt haben und sie fort ist, sitzt er am Schminktisch und nimmt ihre Kämme in die Hand, ihre Cremedöschen und Lippenstifte. Wonach sucht er? Welches Stück von ihr ist hier? Er will ihr Foto, ihre Haarbürste, ihren Büstenhalter.

Jedes Mal, wenn sie auf dem Absatz der Feuerleiter zusammen einen Joint rauchen, hofft er, sie möge sich ihm öffnen, sich im trägen Dunst des Marihuana öffnen und auspacken. Zwei Uhr morgens. Sie sitzen auf Pappkartons und blicken auf die Ziegelmauern anderer Backsteinbauten, auf andere Feuerleitern, die wie dunkle Schlangen zum Boden hinabkriechen. Himmel und Sterne berühren die dunklen Dächer. Sie singt, so leise, dass er die Worte nicht verstehen kann. Küss mich, sagt sie schläfrig. Hier. Und da. Bitte erzähl mir etwas, sagt er. Was denn? Etwas über dich. Über mich erzähle ich niemandem was. Zwischen immer neuem Schweigen stöbern sie in den Kartons: abgelegte Kostüme, verschlissene Spitzenschuhe, leere Parfümfläschchen, Spielkarten, Zeitungen und Zeitschriften, verbrauchte Batterien, Schallplatten, Bindfaden, Weinflaschen, Lampen. Ein Durcheinander von Geheimnissen, so wie sie.

Früher Morgen. Behutsam entflicht sie ihre zwei Körper. Sie beugt sich über den Rand der Liege, zieht ihre Spitzenschuhe an und führt ihn halb schlafend aus der Garderobe in das dunkle, stille Studio. Ohne ein Wort zu sagen, beginnt sie zu tanzen. Er allein ist ihr Publikum, er allein sieht, wie sie sich im schwachen Licht der Neonreklame draußen vor dem Fenster bewegt. Ihre Energie verblüfft ihn. Sie fliegt, sie flattert, sie spinnt dicke Fäden Dunkelheit um ihren Körper. Wo hat er diesen wunderschönen, nebelhaften Geist nur gefunden? Ihr Körper leuchtet in einem betörenden Licht. Manchmal verschwindet sie in einer tief schwarzen Ecke des Raumes, um dann wirbelnd und springend herauszuschießen. Ihre Füße trippeln leicht über den Boden. Sie ist ein stürmisches Gedicht, ist Wellenschaum, das träge Flimmern eines Sterns. »Du bist alles«, sagt er. Gebannt schaut er zu, während sie tanzt, während langsam der Lärm der Stadt erwacht und die Morgendämmerung den Raum erfüllt. Zuletzt stürmt sie keuchend und glänzend auf ihn zu und wirft sich ihm in die Arme. »Ich bin lebendig«, sagt sie zwischen zwei heftigen Atemzügen. »Ich habe den Himmel gespürt.«

Von ihr inspiriert, hat er ein neues Gedicht geschrieben:

Wäre ich ein Klumpen Lehm,
so würden mich deine Hände formen;
ich ließe Feuchtigkeit
auf deinem Ärmel.
Deine Finger, deine Hände würden grau,
nie könntest du dein Heim verlassen
ohne meinen Duft.
Und ich. Die Blinden würden meine Form,
meine Einbuchtungen kennen,
sie würden deine Hände kennen.
Du kämst in dein Zimmer
aus Glas und Licht
und sagtest:
So ist es, wenn ich einen Stuhl berühre,
ein Buch, ein Blatt.
Doch wie schade es wäre, jener Stuhl zu sein,
jenes Buch, jenes Blatt,
und ohne jede Spur zu bleiben
wie ein Atemhauch ohne Luft,
wie eine Wunde ohne Narbe.
Mich jedoch formt deine Berührung,
verändert mich für immer,
biegsame Statue deiner Hände.
So singe ich, geformt zu werden.

An einem kalten Wochenende im Dezember stellt sie ihn endlich ihrer Tante vor. Die Wohnung ist noch kleiner, als er es sich vorgestellt hat, mit einem Wohnzimmer, das kaum groß genug ist für ein verschlissenes Sofa und zwei Sessel, und einer winzigen Kochküche mit einem zweiflammigen Herd. In der unbewegten Luft schwebt noch der Duft von gekochten Tomaten und Knoblauch. Die Tante nimmt ihn scharf ins Visier, als er versucht, seinen Mantel in den Kleiderschrank zu zwängen, der vollgestopft ist mit Büchern, alten Trikots und Ballettschuhen. Dann gibt er auf und setzt sich zu Juliana aufs Sofa. Die Tante nimmt sein kleines Mitbringsel entgegen und legt es ungeöffnet auf den Tisch. »Juliana sagt, Sie beschäftigen sich im Studium mit Lyrik«, sagt sie. Ihre Stimme ist gemessen und kultiviert.

Er nickt.

»Lyrik ist genauso nutzlos wie das Ballett«, sagt die Tante und lächelt. Ihr Mund ist so zart wie ihr ganzes Gesicht und lässt erkennen, dass sie einmal eine schöne Frau gewesen sein muss.

»Wieso sagst du so etwas, Kik?«, fragt Juliana.

»Weil es stimmt«, sagt die Tante. Sie beginnt zu husten. Nach einigen Augenblicken kommt sie wieder zu Atem. »Ich habe nicht gesagt, Lyrik sei unwichtig, nur, dass sie nutzlos ist. Was meinen Sie, Charles? Weshalb beschäftigen Sie sich mit einem so nutzlosen Thema? Oder sind Sie anderer Meinung?« Wieder starrt sie ihn mit ihren eindringlichen Augen an. Es sind die Augen von Juliana ohne den dicken schwarzen Lidstrich.

Sie stellt ihn auf die Probe. »Lyrik ist ein Ausdruck der Vollkommenheit«, sagt er, »etwas Schönes. Ich weiß nicht, welchen Nutzen sie hat. Weshalb müssen Dinge zu etwas nütze sein? Lyrik hilft mir, die Welt zu verstehen.« Er könnte mehr sagen, doch er fürchtet, schwülstig zu klingen. So nimmt er seinen

Schal ab und greift nach Juliana. Sogleich heftet die Tante den Blick auf ihre verschränkten Hände.
»Also haben Sie es bis hierher geschafft«, sagt die Tante. »Juliana bringt nicht viele ihrer Freunde mit, um sie mir vorzustellen. Schade.«
»Sag das doch nicht, wenn du es gar nicht meinst«, sagt Juliana.
»Ein paar Tänzer habe ich freilich kennengelernt«, sagt die Tante. »Durchaus. Hübsche junge Männer.« Sie glättet ihr feines Silberhaar. »Aber das Problem liegt natürlich darin, dass Juliana keine Zeit hat für Geselligkeit. Sie ist Tänzerin. Sie ist meine kleine Tänzerin, meine tapfere kleine Tänzerin, wenn auch nicht mehr ganz so klein. Haben Sie sie tanzen sehen? Aber was sage ich da, bestimmt haben Sie sie tanzen sehen. Ist sie nicht wunderbar! Zu Magay ist sie schon gekommen, als sie sechzehn war. Wissen Sie, wie viele Mädchen liebend gerne bei Magay tanzen würden?«
»Ich komme ans City Ballett«, sagt Juliana.
»Ja, lieber Schatz«, sagt die Tante und schaut ihn an, »du wirst alles tun, was du tun willst. Das war schon immer so.«
Ein Foto auf dem Couchtisch fällt ihm ins Auge, eine Szene am Strand. Im Hintergrund liegen Badende im Sand, ein Streifen Meer, ein Streifen Himmel. Im Vordergrund: die Tante. Sie hat sich mit einem kleinen Mädchen, einer zweiten Frau und einem Mann in Positur gestellt. Alle tragen Badekleidung, die Frauen zudem weiße Hüte, der Mann eine Schwimmbrille um den Hals. Offenbar haben alle zu

lange in der Sonne gelegen, denn ihre Gesichter sind gerötet und erschöpft. Um den Hals der Tante schwebt eine zarte Halskette aus kleinen Steinen, weiße Punkte auf ihrer hellroten Haut. Ihr braun glänzendes Haar berührt ihre nackten Schultern. Die andere Frau hat wilde Augen, die zu groß sind für ihr Gesicht; ihr Kopf ist merkwürdig zur Seite geneigt, und sie sieht aus, als wäre sie lieber irgendwo anders. Der Mann sieht verloren aus, seine Beziehung zu den beiden Frauen ist ungewiss. Ist er der Freund der einen oder ihr Bruder? Genau im Zentrum steht das kleine Mädchen, unverkennbar Juliana, und hat den Mund zum Brüllen aufgerissen. Irgendwie hat es den Anschein, als wäre sie die Älteste der Gruppe. Nur sie ist sich bewusst, dass man sie fotografiert hat. Die Kamera hat sie festgenagelt, und sie schreit nach Freiheit. Sie ist der rote Fleck, der ein Loch ins Bild brennt.

»Ich sehe, Sie schauen sich das Foto an«, sagt die Tante. »Atlantic City. Ein Pünktchen in der Zeit, vor vielen, vielen Jahren. Manchmal denke ich, der Augenblick auf diesem Foto, dieser Teil meines Lebens, hat nie stattgefunden. Ich bin nicht sicher, ob es ihn wirklich gegeben hat. Sind Sie gereist, Charles? Einmal war ich in Griechenland, auch draußen auf dem Meer. Da gibt's ein kleines Inselchen namens Kea, auf dem man ein uraltes Löwenrelief direkt in den Felsen gehauen hat. Es ist ziemlich erstaunlich. Sie sollten es sich eines Tages ansehen.«

Wieder beginnt die Tante zu husten. Sie steht auf. Offenbar ist der Besuch beendet. »Ich tu dir den

Einkaufszettel in die Handtasche«, sagt die Tante zu Juliana. »Nur keine Eile.« Sie nimmt Juliana beiseite. »Denk daran, Schatz, den Cheddar von Swinson zu nehmen, nicht den von Kraft. Er ist in einer grünen Schachtel. Und ich will die Fünfunddreißig-Meter-Rolle von der Reynolds-Folie. Nimm nicht die Rolle mit den sechsundsechzig Metern. In Ordnung? Genieß den Nachmittag mit deinem jungen Mann.« Sie wendet sich Charles zu, lächelt und reicht ihm die Hand.

»Vielen Dank«, sagt er.

»Nichts zu danken«, erwidert sie. Sie macht eine Pause. »Wissen Sie, was mit mir geschieht, ist einerlei. Aber Juliana wird weiter tanzen. Tanzen ist ihr Leben. Ich hoffe, Sie verstehen das.«

»Komm, Charles, gehen wir«, sagt Juliana.

Draußen hat es zu schneien begonnen, so sanft, dass der Schnee schmilzt, sobald er die Straße erreicht hat. Dennoch haben die Autos ihre Scheibenwischer und Scheinwerfer eingeschaltet. Ganz offensichtlich hat die Tante versucht, ihn zu entmutigen. Aber er lässt sich nicht entmutigen. Julia liebt ihn, das hat sie ihm ja gesagt. Begreift die Tante das überhaupt? Julia hat ihm gesagt, dass sie ihn liebt. Er legt ihr den Arm um die Taille, während sie den Gehsteig entlanggehen. Eine kleine Weile bleiben sie vor einem Mann stehen, der unter einer mit Schnee bestäubten Plane Weihnachtsglocken feilbietet. Er hat seine Glocken auf einem Tisch verteilt und klingelt der Reihe nach damit.

An diesem Nachmittag werden sie einkaufen gehen und dann den Abend für sich haben. Ein Film, vielleicht in eine Diskothek tanzen gehen oder eine Vernissage irgendwo, es ist ihm egal. Durch sie erfährt er, wer er ist. Er ist ihr »sensibler Collegeboy«, erklärt sie ihm gern. Sie sagt, manchmal sei er arrogant, aber bereit, seine Fehler zuzugeben; er sei ernsthaft, könne jedoch trotzdem lachen; er lasse es zu, verletzt zu werden, was er nicht tun sollte; er wolle etwas Bedeutendes in der Welt tun, wisse aber nicht, was das sein könnte. Er ist verliebt. Bisher hat er nichts von der Welt begriffen, jetzt fängt es an. Er zieht sie näher an sich, so nah, dass er in der kalten Luft ihr Haar riechen kann, den Lavendel ihrer Haut.

Was sagt sie in diesem Augenblick? Er lauscht, beobachtet die Bewegung ihrer Lippen. In den vergangenen drei Monaten hat er sich jedes Wort gemerkt, das sie zu ihm gesagt hat, und es in seine literarische Kladde eingetragen, verstreut zwischen den kritzeligen Entwürfen seiner Gedichte.

Warum stellst du mir so viele Fragen?

Ich werde nie eine große Tänzerin. Nie.

Auf einer mit Regentropfen bespritzten Seite: *Du liebst mich zu sehr. Es ist nicht gut für dich, mich so zu lieben.*

Würdest du dich umbringen, wenn du aufhören müsstest, Gedichte zu schreiben? Ich würde es tun, wenn ich aufhören müsste zu tanzen.

Schreib ein Gedicht mit deinem Du-weißt-schon-was. Da, auf meinen Bauch. Da.

Bis zum siebten Dezember hat sie ihm dreiundzwanzigmal gesagt, sie liebe ihn, und siebzehnmal, sie liebe ihn nicht.
Die Worte, die er zu ihr gesagt hat, hat er nicht niedergeschrieben, weil er sich nicht genau an sie erinnert, und bei Worten will er exakt sein, so exakt wie der Schwung ihrer Augenbraue oder der winzige, karamellfarbene Leberfleck auf ihrer Oberlippe. Gelegentlich schreibt er seine Worte an sie trotzdem auf, wie er sie gerne sagen würde oder wie er sie möglicherweise gesagt hat, schöne und melodische Worte. Auch diese hat er sich eingeprägt und sich gefragt, ob wir jemals mit Sicherheit wissen, was gesagt worden ist und was nicht, was gedacht und nicht gedacht wurde. Weil jedes mögliche Wort gesagt und nicht gesagt wird, weil jeder mögliche Gedanke gedacht und nicht gedacht wird, und weil alles, was nicht gesagt wird, dennoch da ist wie die Form des leeren Raums um den Rand eines Blatts. Manchmal fragt er sich, ob die Nicht-Liebe aus Raum um seine Liebe für sie herum stärker ist als die Liebe.
Auf dem Deckel seiner Kladde hat er mit Buchstaben, die er aus den Titelseiten seiner Lehrbücher ausgeschnitten hat, ihren Namen buchstabiert. »J« aus *Existentialismus: Von Dostojewski bis Jaspers.* »U« aus *Moderne europäische Geschichte.* »L« aus *Einführung in die Biologie.*
Der Schnee ist ein seidenes Taschentuch in ihrem Haar. Unversehens teilt sie ihm mit, sie habe zwei Karten für eine Abendvorstellung des New York

City Ballet in der Handtasche, Suzanne Farrell in *Der Nussknacker*. »Sie ist bloß drei Jahre älter als ich«, sagt Juliana, während sie mit ihren Einkaufstüten vom Supermarkt zurückkehren. »Mit sechzehn hat sie bei Balanchine angefangen, im selben Alter, in dem ich zu Magay gekommen bin.« Sie lacht bitter. »Balanchine macht Ballette nur für sie. Er ist besessen von ihr. Er lässt sie nicht aus den Augen. Weißt du, all seine wichtigen Tänzerinnen schlafen mit ihm. Sie ist vierzig Jahre jünger als er.« Er beugt sich zu ihr und küsst sie in einer langen Umarmung, bei der die Leute herschauen.

Sobald sie abends in dem prächtigen Saal ihre Plätze eingenommen haben, spürt er, wie sie sich versteift. Er versucht, ihre Hand zu halten, aber sie zieht sie zurück. Nicht einmal ihren Mantel legt sie ab. »Was hast du denn?«, fragt er, doch sie antwortet nicht. Als dann das Ballett beginnt, ist sie wie versteinert. Sie wird zu einer erstarrten Statue, die kaum atmend auf die Bühne ausgerichtet ist. Die Handlung des *Nussknackers* findet er weniger interessant als die Geschichte von *Schwanensee*, doch er ist fasziniert von den Körpern und den emotionalen Veränderungen von einer Szene zur anderen. Und die Körper sind phantastisch, gemeißelte Skulpturen in Bewegung.

An der Reaktion des Publikums erkennt er den Augenblick, in dem Suzanne Farrell als Zuckerfee auf die Bühne schwebt, groß und bleich wie weißer Marmor, mit sehr dunkel geschminkten Augen und dem kurzen Hauch eines Balletträckchens, das von

Juwelen glitzert. Farrell ist ein Kaleidoskop aus Formen. Von einem Augenblick zum anderen verwandelt sie sich völlig, ist erst klar und heiter, dann umwölkt und wollüstig, erst feines Porzellan und dann ein edler Schimmel. Ihre unglaublich langen Beine schwingen wie ein schweres Pendel gewagt, aber völlig kontrolliert aus dem Gleichgewicht. Sie ist der hellste Stern in einem Sternbild, eine Göttin der anderen Göttinnen.

Nach ihrem ersten Pas de deux klatschen und jubeln die Leute. Ein begeisterter Verehrer ist so überwältigt, dass er sich mit seinem Blumenstrauß nicht bis zum Ende des Balletts zurückhalten kann, sondern ihn sofort auf die Bühne schleudert. Auf den Köpfen vor ihm bleibt eine Spur aus Rosenblättern zurück. Charles blickt zu Juliana hinüber und sieht, dass sie weint.

»Was ist das für ein Zimmer?«

Ich bin erschrocken. Eine Frau und drei Männer, darunter Michael Bisi, sind soeben ins Kuratoriumszimmer gestolpert, alle mit Schweineschnauzen und Ringelschwänzen versehen. Selbst aus sechs Metern Entfernung rieche ich den Alkohol.

»Entschuldigung«, sagt einer der Männer, als er mich sieht. Er murmelt der Frau etwas zu, und sie kichert. »Wir streunen bloß herum.«

»Charles!«, sagt Michael Bisi. Sein Nadelstreifenhemd hängt ihm lose aus der Hose. »Was machst du denn hier? Kommst du zum Dinner ins Bootshaus?«

»Ich weiß noch nicht«, antworte ich.

»Ich halt dir einen Platz frei«, sagt Michael. »Gerade hast du ’nen verdammt langweiligen Vortrag von so ’nem verdammt langweiligen Linguisten verpasst.«

»Der Raum hier gefällt mir«, sagt die Frau. »Er ist gemütlich. Das ist der gemütlichste Raum, den ich je gesehen habe. Sie schauen aber ziemlich einsam aus, Charles.«

»Sei nicht so aufdringlich«, sagt der Mann neben ihr. »Komm, gehen wir.«

Die Frau geht zu der zurückspringenden Nische und klopft mit den Fingernägeln an den Glasschrank. »Schau dir bloß diese alten Bücher an.«

»Lanie. Gehen wir.«

»Schon gut«, sagt Lanie, »hetz mich nicht so. Adieu, einsamer Charles.«

Die vier lassen ihre Blicke durch den Raum schweifen, drehen sich um und gehen hinaus. »Ich halt dir einen Platz frei«, ruft Michael. Eine kleine Weile höre ich das Schlurfen ihrer Füße im Flur, Flüstern und Lachen, und dann sind sie fort.

10

Allzu bald kommen die Weihnachtsferien, die länger sind denn je, denn sie bedeuten zwei Wochen Trennung von ihr in seinem Elternhaus in Michigan. Man hat ihm die Luft abgedreht. Unter Druck stehend, ruft er sie jeden Tag um Viertel nach fünf New Yorker Zeit an, nach ihrer Probe und vor ihrem Job bei Frankie's. Am Telefon kommt sie ihm distanziert und beschäftigt vor; sie ist nicht in der Lage, die Intimitäten zu sagen, die er hören will. Das gehört zu seinen Qualen, denkt er, und vielleicht auch zu ihren.

Jede Nacht träumt er von ihr, träumt von ihrem Körper neben seinem. Dann erwacht er noch vor dem Morgengrauen und stellt fest, dass sein Bett leer ist.

Um die Tage auszufüllen, schreibt er Gedichte und arbeitet an seiner Abschlussarbeit über die Spiritualität bei Emily Dickinson. Seine Bücher hat er alle auf dem fleckigen Teppichboden seines Zimmers ausgebreitet. Es geht ihm nicht um Spiritualität im theologischen Sinne, sondern in der eher abstrakten

Bedeutung des inneren Selbst und des Bewusstseins von etwas, das größer ist als wir. Inzwischen begreift er so viel mehr. *Der Geist ist das bewusste Ohr … Für andre Dienste – wie Geräusch und Klang – hängt außerhalb der Burg ein kleineres Ohr.* Das bewusste Ohr. Ja, er kann hören, was er früher nie gehört hat, ein leises Pochen, den Pulsschlag der Welt. E. D. muss verliebt gewesen sein, um solche Dinge zu begreifen. Wie hätte sie sonst etwas von Spiritualität wissen können. Selbst in ihrer Isolation ist die Welt durch ihre Adern geströmt, hat sie jede Freude, jeden Kummer, jeden Atemzug der Menschheit gespürt. Und sie muss gelitten haben, wie er begonnen hat zu leiden.

Nach einer plötzlichen Eingebung beschließt er, ihr Werk mit dem von William Blake zu vergleichen, ihrem poetischen Vorläufer im Geiste. *Kleine Fliege, / Deines Sommers Freude / Fegte meine Hand / Achtlos beiseite. / Bin ich denn nicht / Eine Fliege gleich dir? / Oder bist du / Ein Mensch nicht gleich mir?* Er meint, E. D. müsse Blake gelesen haben. Die beiden Geister bewegen sich parallel zueinander. Beide sind auf ihre Weise visionär, spirituell und rebellisch, bei beiden lösen kindliche Einfachheit und verborgene Bedeutungen einander ab. Mit seinem Vergleich wird er Professor Galloway beeindrucken.

»Lester ist auch bei seinen Eltern«, sagt seine Mutter beim Mittagessen zu ihm. »Wieso triffst du dich nicht mal mit ihm?« Sie sitzt mit ihm am Küchentisch und trägt die Langlaufjacke, die sein Vater ihr zu Weihnachten geschenkt hat, obwohl es im Haus

brütend warm ist. Während er isst, starrt sie ihn an. Er spürt, dass sie alles missbilligt, was er tut.
»Das tu ich schon noch. Am Dienstagabend gehen wir zu einer Party ins Piedmont.« Na also. Lester ist schon immer ihr Liebling gewesen. Froh darüber, ihr eine Freude gemacht zu haben, erzählt er ihr von seinem Einfall, Emily Dickinson und William Blake zu vergleichen. Ja, natürlich kenne sie Emily Dickinson. Sie nickt und lächelt, will ihn verstehen, kann ihre Verwirrung jedoch nicht verbergen. Ist es das, was er jeden Tag hinter seiner geschlossenen Tür tut? Fast scheint sie verlegen, von seinen poetischen Studien zu hören. Im schwachen Winterlicht sieht sie plötzlich alt aus. Die vertraute Narbe über ihrem linken Auge ist mit einer langen Falte quer über ihre Stirn verschmolzen. Sie ist sechsundvierzig.
Julianas Reserviertheit am Telefon hat ihn reizbar gemacht. Außerdem fühlt er sich beengt in diesem kleinen Haus mit seinen fünf kleinen Zimmern, seinen milchigen Linoleumböden und dem ständig laufenden Fernseher. Seine Mutter ist ebenso beengt. Kein Wunder, dass sie jeden Morgen zum Langlaufen hinaus in den Wald geht. Seit Jahren reden seine Eltern darüber, in ein größeres Haus zu ziehen. In Ludington sind die Preise niedrig. Bestimmt könnten sie sich ein größeres Haus leisten, aber sie bleiben hier, Jahr um Jahr. Irgendwie bleibt seine Mutter immer optimistisch, was ihr Leben betrifft. Seit sie von ihren eigenen Eltern und Brüdern weggezogen ist, hat sie sorgsam eine blinde Loyalität gegenüber seinem Vater gehegt. Sie mag die-

selben Filme wie er, sie mag dasselbe Essen, sie mag dieselben Leute und kann dieselben Leute nicht leiden. Wenn er es wollte, würde sie sogar in ein noch kleineres Haus ziehen.

»Charles. Wen rufst du eigentlich jeden Nachmittag an?«

»Juliana. Von Juliana hab ich dir doch schon erzählt.«

»Ich wusste nicht, dass sie so wichtig für dich ist.«

»Das ist sie.«

Seine Mutter zögert. An ihrem Zögern, an der Art, wie sie den Mund verzieht, erkennt er, dass sie das nicht billigt.

»Was für Freunde hat sie?«, fragt sie.

»Sie ist mit Leuten zusammen, die tanzen. Das ist ihr Ding. Alle ihre Freunde sind Tänzerinnen oder Tänzer.«

Jetzt verzieht sich der Mund seiner Mutter deutlich, aber sie hält sich zurück. Er schaut sie an, fragt sich, wie sie sich zurückhält, und bemerkt, dass sie vor Hitze regelrecht schwitzt, aber die Jacke zieht sie nicht aus. »Zieh doch deine Jacke aus, Mom«, sagt er.

»Du siehst nicht glücklich aus, wenn du sie angerufen hast«, sagt sie.

»Ich bin aber glücklich.« Er will seiner Mutter von Juliana erzählen. Er will mit seiner Mutter darüber sprechen können, wie er sich fühlt, und über die Gedichte, die er schreibt. Er will sie aufrütteln.

Sie streckt den Arm über den Tisch und nimmt seine Hand.

An Silvester bekommt Charles mit der Post seine

Noten fürs erste Semester: 1 in Amerikanische Lyrik, 1 in Existentialismus, 3 in Moderne europäische Geschichte, 4 in Biologie. Wie erwartet, ist er gut im Nutzlosen und schlecht in allem anderen. Seine Eltern werden nicht begeistert sein. Einen Augenblick überlegt er, ob er die Noten an Julianas Tante weiterschicken soll – als ironische Bestätigung ihrer Einschätzung seiner Person –, aber dann zerreißt er den Brief mit den eingeprägten College-Insignien und wirft die Fetzen in seinen alten Baseballhandschuh.

Als er im Januar ans College zurückkehrt, brennt er darauf, sie wiederzusehen, aber am Mittwoch, ihrem üblichen Tag, hat sie keine Zeit. Am Donnerstag? Nein, nicht am Donnerstag, sagt sie sanft und ohne jede Erklärung. Am Freitag? Vielleicht am Freitag, sagt sie. Sie werde ihn zurückrufen. Nein, sag's mir jetzt, ruft er ins Telefon. Lass mich am Freitag kommen. Willst du mich denn nicht sehen? Du klingst so wütend, sagt sie. Natürlich will ich dich sehen. Warum nimmst du dir dann keine Zeit für mich?, fragt er kläglich. Ich liebe dich, sagt sie. Ich nehme mir so viel Zeit, wie ich kann. Komm am Freitag.
Als er sie am späten Freitagabend bei Frankie's trifft, sieht sie erschöpft aus. Von der brütenden Hitze im Lokal ist ihr Gesicht feucht und gerötet, von der Anstrengung, sechs Stunden lang Tabletts zu tragen, hängen ihre zarten Schultern herab. Er will die Arme um sie schlingen, sie mit seiner Liebe und seinem Verlangen überwältigen, aber es ist irgendwie nicht

der richtige Augenblick, so dass er sich damit zufrieden gibt, die ihm gereichte Hand zu halten. Sie spricht kaum mit ihm. Wieso umarmt sie ihn bloß nicht? Hat sie sich in den Wochen der Trennung nicht so nach ihm gesehnt, wie er sich nach ihr gesehnt hat? Schweigend gehen sie die Straße entlang, beleuchtet von den Lichtern der Weihnachtsdekoration, die noch immer in den Schaufenstern blinken. Gelegentlich fährt ein Taxi mit glühendem Schild und müdem Fahrgast vorbei.

In der U-Bahn durchwogen ihn erneut Verlangen und Beklemmung. Je distanzierter sie ihm vorkommt, desto mehr begehrt er sie. Er stellt sich die gemeinsame Zukunft mit ihr vor. Natürlich wird er nach New York ziehen müssen, so sehr er das Gewühl der Stadt auch verabscheut. So bald wie möglich muss er sich eine Stelle besorgen, um sie vor diesen schrecklichen Nächten zu bewahren. Außerdem muss er den besten Ballettlehrer des Landes engagieren.

»Juliana.« Er wird ihr von seinen Plänen erzählen, aber sie starrt aus dem schwarzen Fenster, ist zu müde, um zu sprechen. Selbst jetzt ist sie wunderschön.

In der Garderobe der Tänzerinnen schlüpft sie aus ihren Kleidern und beginnt, sich im Waschbecken abzuwaschen. Während er zusieht, reibt sie den ganzen Körper mit einem seifigen Schwamm ab. Sie glänzt im Licht.

»Was ist denn das?«, fragt er und berührt einen kleinen blauen Fleck an ihrer Hüfte.

»Vor ein paar Tagen bin ich gegen das Klavier gestoßen«, sagt sie. »Ist nicht so schlimm.«
Er beugt sich vor und küsst den Fleck. »Du bist zu lieb zu mir«, sagt sie. Sie zieht ihn an sich, so dass sich ihre nassen Brüste an sein Hemd drücken, dann setzt sie ihre Wäsche fort.
»Die Tänzerinnen sollten eine Dusche haben«, sagt er, während er sie beobachtet.
»Es gibt 'ne Menge Sachen, die wir haben sollten. Miss Magay hat kaum genug Geld, um das Studio zu mieten. Wir sind nicht versichert. Wir werden nur zwei Wochen pro Jahr bezahlt, während der Vorstellungen, und das reicht bei weitem nicht, um davon zu leben. Dies ist eine zweitklassige Truppe, falls du das inzwischen nicht schon selbst herausbekommen haben solltest.«
»Wenn ich eine Stelle habe«, sagt er, »brauchst du nicht mehr zu arbeiten. Und du kannst Unterricht bei jemand Besserem als Toby nehmen. Ich hab mich umgehört.«
»Nicht, Charles. Bitte verplane nicht mein Leben.«
Sie trocknet sich mit einem Handtuch ab und stellt sich nackt vor den Spiegel. Sie hat ihn verletzt. Manchmal spricht sie mit ihm, als wäre er nahezu ein Fremder. Er will sie in seinen Bann schlagen, will ihr sein Herz ausschütten, doch sie scheint meilenweit entfernt zu sein.
»Juliana.«
»Was ist denn?«
Er zögert. Kann er noch einmal versuchen, mit ihr zu sprechen, wirklich mit ihr zu sprechen? »Ich hab

diese griechische Insel gefunden, von der deine Tante erzählt hat«, sagt er abrupt. »Die mit dem prähistorischen Löwen. Kea.«

»Ja, was ist damit?«

»Ich hab mich bei einem Freund erkundigt, der Verwandte in Griechenland hat. Ich dachte, deine Tante hätte das womöglich nur erfunden.«

»Den Namen hab ich immer schon gemocht«, sagt sie. »Es ist ein hübscher Name.« Dann wendet sie sich vom Spiegel ab und schaut ihm in die Augen. Sie liebt ihn wirklich, das kann er sehen. Wieso hat er das bloß je angezweifelt?

Jetzt scheint sie Lust auf ihn zu haben. Sie knöpft sein Hemd auf, streift ihm die Hosen ab und lässt sich von ihm auf die Klappliege in der Ecke legen. Schauer laufen an ihrem Körper auf und ab, während er ihn mit Küssen bedeckt. Sie zieht ihn auf sich und führt ihn in sich ein.

Nicht die Explosion der ersten gemeinsamen Liebesnacht, nicht ganz so, aber leidenschaftlich und zärtlich, ein langsam kreisender Flug. Danach liegt sie in seinen Armen und fährt mit dem Finger seine Augenbraue nach.

»Sag ein Gedicht für mich«, murmelt sie.

Ein Windstoß trieb die Blätter fort
über den herbstlichen Weg.
Und ich, ein Kind, das sich verlaufen hat,
muss warten auf der Mutter Wort.

»Es ist so einfach, aber wunderhübsch«, sagt sie. »Ist das eins von deinen?«

»Ja. Es ist die erste Strophe eines längeren Gedichts. Diesmal reimt es sich.«

»Eines Tages wirst du ein großer Schriftsteller werden.«

»Da bin ich nicht so sicher.«

»Bestimmt, das weiß ich ganz gewiss. Und wenn du's bist, musst du dich daran erinnern, dass ich dich einmal inspiriert habe. Wirst du dich daran erinnern? Wirst du noch wissen, dass du mir deine wunderschönen Gedichte vorgetragen hast, hier an diesem Ort?«

Er nimmt ihre Hand und küsst ihre Fingerspitzen, eine nach der andern. Stundenlang liegen sie so beieinander, als hätte es die Wochen der Trennung nie gegeben. Er kann sich nicht mehr an die Heimfahrt zu Weihnachten erinnern, an die einsamen Wochen bei seinen Eltern, nicht einmal mehr daran, wo er an diesem Morgen war. Ist es denn so einfach? Ist die körperliche Liebe der Anfang und das Ende? Besiegt sie Angst und Wut, Eifersucht und Entbehrung, ist sie die Essenz des Menschseins?

Um sechs zieht sie sich an und geht fort. Er streckt sich auf der Liege aus. Glücklich schweift sein Blick durch den winzigen Raum, der für sie zu einem gesegneten Zufluchtsort geworden ist. Der Schminktisch voller Fläschchen und Cremes, die an den Spiegel geklebten Postkarten und hingekritzelten Notizen, die von den Bühnenscheinwerfern hängenden Glücksbringer, der Kostümständer aus Messing in der Ecke, die verzogenen Holzdielen, auf denen Schuhe, alte Programmzettel und Stoffetzen verstreut sind. Hier ist er zu Hause. Er hebt einen Zettel vom Boden auf. »Felice abwimmeln!«, steht darauf in blumiger Schrift. Auf einem anderen Zettel steht eine Telefonnummer. Merkwürdigerweise hat die Nummer dieselbe Vorwahl und denselben Hauptanschluss wie sein College. Die Handschrift sieht wie die von Juliana aus. Aber wen könnte sie am College anrufen außer ihm? Gedankenlos zieht er sich an.

Ich sehe zu, wie er sich anzieht, und will ihm etwas sagen. Geht das? Er ist wie mein Kind. Ich will jetzt, in diesem Augenblick, mit ihm sprechen, bevor ... »Tu's nicht. Tu's nicht«, würde ich sagen. Ich will ihn warnen. »Gleich verzweigen sich die Kanäle.« Aber was für ein törichter Einfall, zu glauben, ich könne ihn warnen. Seine Zukunft ist bereits vorbei. Wir können nicht ändern, was geschehen ist, nicht wahr? Wir können nicht mit unserem früheren Ich sprechen. Trotzdem will ich ihn warnen. Er ist so zerbrechlich, genau wie sie, aber sein Herz ist offener. Obwohl er sich für glücklich hält, leidet er. Er hat gelitten, er leidet, er wird leiden. Die Gegenwart und die Vergangenheit machen mich schwindlig. Und die Zukunft. Welches Jahr ist es?

Schatten spannen sich über den Boden und an der Wand empor wie erstarrte Menschen. Ich bin nicht sicher, wo ich bin. Im Kuratoriumszimmer, ja. Aber inzwischen muss es früher Abend sein. Es ist dunkel geworden, das Licht vom Fenster her ist verblasst.

Außerdem höre ich im Nebenraum keine Stimmen mehr. Hat man dort nicht vor wenigen Minuten noch Billard gespielt? Cunningham und die anderen müssen zum großen Dinner ins Bootshaus gegangen sein. Ich sollte auch gehen. Wo ist mein Jackett? Habe ich überhaupt eins mitgebracht? Ich sehe mich im Zimmer um. Im dickflüssigen Licht der Abenddämmerung sehe ich zwei Sessel, einen Konferenztisch, den Umriss eines Sofas, eine Lampe, eine schemenhafte Bücherwand an der Wand gegenüber, ein Notlicht, das schwach in der Ecke glimmt. Und da, fast vollständig im Schatten, ist das Modell des College. Ich sollte gehen. Ich will gehen. Was ich gesehen habe, hat mich erschreckt. Die endlosen Möglichkeiten, die an Fäden hingen. Ich war ein gezwungener Voyeur, der gelähmt der Zerstörung zugesehen hat, der Zerstörung, die schon geschehen ist, und der, die noch geschehen wird. Man hat mich gezwungen zuzuschauen, wie ich mich selbst stranguliere und von anderen stranguliert werde. Aber wer hat mich gezwungen zuzuschauen? Dieser herrliche zweiundzwanzigjährige Kerl, voll Zauber und Leben und der Kraft, die Zukunft nicht zu kennen. Denn das ist die wahre Quelle seiner Kraft, nicht wahr – dass seine Zukunft ihm unbekannt bleibt.
Ich kneife die Augen zusammen und spähe in die Schatten, sehe die winzigen Wege und Gebäude. Ich kann den Blick nicht abwenden. Ich spüre die Zerstörung, will meinen ganzen Körper darin baden.

Während des Wochenendes denkt er immer wieder an die Telefonnummer. Er will sie vergessen. Als er am Sonntagnachmittag zum Training in die Sporthalle geht, wirft er den Zettel um ein Haar in einen Papierkorb. Vielleicht ist es doch nicht Julianas Handschrift.

Später am selben Abend, als er von der Bibliothek zurückkommt, fängt er damit an, das Collegetelefonbuch zu durchforschen. Sechs- oder siebentausend Telefonnummern und Namen. Nach vierzig Minuten hat er eine Übereinstimmung gefunden. James Galloway. Er überprüft die Nummer noch einmal. Mit erschreckender Klarheit erinnert er sich daran, wie Galloway Juliana angesehen hat, als er sie kurz auf dem Campus kennengelernt hat. Galloway könnte ihr seine Telefonnummer zugesteckt haben. Aber vielleicht hat sie ihn nie angerufen. Bestimmt ist Juliana an unerwünschte Avancen gewöhnt. Vielleicht stammt der Zettel gar nicht von ihr. Eine Kette von Zufällen. Aber eine vage Furcht setzt sich in seinem Bauch fest, und die restliche Nacht wälzt er sich im Bett umher.

Unausgeschlafen und grübelnd schwänzt er am Morgen sein erstes Seminar. Er fühlt sich gleichermaßen töricht wie verletzt. Soll er mit Juliana über Galloways Telefonnummer sprechen?

Stattdessen beschließt er, Galloway zu beobachten. Als er das nächste Mal in »Amerikanische Lyrik II« sitzt, unterzieht er jede Kleinigkeit im Verhalten seines Professors einer genauen Betrachtung. Er fragt sich: Wäre es möglich, dass Galloway ein ehe-

brecherisches Verhältnis mit der Freundin eines seiner Studenten hat, mit einem Mädchen, das halb so alt ist wie er? Das scheint unmöglich.
Aufmerksam studiert er die Art und Weise, wie Galloway in seinem verführerischen schwarzen Rollkragenhemd die Gänge zwischen den Tischen auf und ab schlendert. Sieht er glücklicher, trauriger, schuldig aus? Wie zeigt sich der Ehebruch im Gesicht eines Menschen? Ist sein Schritt verwegener als sonst? Seine Augen mit ihren schon immer schweren Lidern sehen tatsächlich ein wenig erschöpfter aus als vor einigen Monaten. Ist er womöglich müde von seinen nächtlichen Schäferstündchen mit Juliana? Bei dem Gedanken fühlt Charles sich schmutzig.
»*Ich mache aus meinem Leiden eine Tugend*«, zitiert Galloway aus einem Werk von Robert Frost, seinem Lieblingsdichter,

beinah aus allem, was um mich herum geschieht.
Ich weiß, mit anderen Worten,
wo immer ich auch weile,
als Geschöpf der Literatur, das ich nun einmal bin,
ermangelt es mir nicht am Schmerz,
um wach zu bleiben.

»Frost akzeptiert Vergnügen ebenso wie Schmerz als Teil des Lebens«, sagt Galloway, dekorativ an seinen Tisch gelehnt. »Über den Schmerz scheint er allerdings glücklicher zu sein. Nein, glücklich ist nicht ganz das richtige Wort. Frost erkennt, dass die

Literatur und das Leben vom Schmerz erhöht werden. Deshalb macht er aus dem Leiden eine Tugend.«
Spricht Galloway womöglich über sich selbst?, überlegt Charles. Schließlich ist Galloway ebenfalls ein »Geschöpf der Literatur«, oder etwa nicht? Ein unbestimmtes Leiden schwebt über ihm, hat schon immer über ihm geschwebt. Er führt eine unbefriedigende Ehe mit einer Frau, die sich weigert, mit seinen Studenten umzugehen und zuzuhören, wie er seine rührseligen Gedichte vorträgt. Der Schmerz hält ihn wach. Und weiter? Was tut Professor Galloway mit dem Schmerz, der ihn wachhält? Versucht er, ihn unter seinem Kissen zu ersticken? Gesteht er seiner Frau, wie unzufrieden er ist? Oder streift er wie ein dunkles, wieseliges Tier in der Nacht umher und steckt schönen jungen Frauen, halb so alt wie er, seine Telefonnummer zu?
Galloway redet noch immer. »Ich könnte mir vorstellen, dass keiner von euch jungen Männern diese Tugend des Leidens, diese Erhöhung durch Schmerz ganz begreifen kann. Das ist nicht euer Fehler, ihr habt einfach noch nicht lange genug gelebt.« Er macht eine Pause. »Vielleicht wart ihr einmal verliebt. Oder ihr glaubt, ihr wärt verliebt gewesen.« Galloway gestikuliert zum Fenster hin, um seinen Gedanken zu verdeutlichen. Fuchtelt er dabei dramatischer mit den Armen als sonst? Nichts ist gewiss. Und weshalb hat er von Liebe gesprochen? Sein Gesicht, seine Worte, seine Gesten, alles kommt Charles verdächtig vor.

Nach dem Seminar folgt Charles seinem Professor in gebührender Entfernung. Galloway geht über den Campus zu seinem Büro und schließt die Tür hinter sich. Charles, der ihm langsam gefolgt ist, postiert sich vor der geschlossenen Tür wie ein anhänglicher Student und gibt vor, ein Buch zu lesen. Was tut Galloway da drinnen? Ein Schatten gleitet über die Milchglasscheibe der geschlossenen Tür. Das Licht geht an. Nach einigen Minuten hört er Galloways Stimme. Der Professor telefoniert. Charles schiebt sich näher zur Tür, um hören zu können, was sein Professor sagt: »Kamera« und »Freitag«. Eine Schreibtischschublade geht auf und zu. Dann ein weiteres Telefongespräch. Er hört »Smallenback« oder etwas Ähnliches, »Sitzung«, »Mitteilungsblatt«. Was erwartet er eigentlich? Bestimmt wird Galloway um ein Uhr mittags nicht mit Juliana telefonieren. Um ein Uhr mittags tanzt Juliana.
Er bleibt noch eine Stunde vor dem Büro stehen und wartet auf irgendetwas. Dann nähern sich Galloways Schritte der Tür, und Charles stürzt den Flur hinab und um die Ecke.
In den nächsten Tagen beschattet er Galloway wieder auf dem Campus, folgt ihm heimlich mehrfach zu seinem Büro, treibt sich vor der geschlossenen Tür herum. Obwohl er nichts Bestimmtes entdeckt, bläht sein Argwohn Galloways banalen Tagesablauf zu einer eklatanten Reihe schuldbewusster Handlungen auf: das Betreten eines Gebäudes durch die Seitentür, eine in sein Büro gelieferte Tüte, eine überraschende Abschweifung während seiner Vor-

lesung, ein allzu langer Gang zur Toilette. Eines Tages geht Galloway auf seinem Weg über den Campus unerwartet ins Studentenzentrum, um ein Münztelefon zu benutzen. Hinter der nächsten Ecke hört Charles ihn lachen und dann: »Du kleine Hexe, du ...«

Als er Juliana in der folgenden Woche besucht, fühlt Charles sich gereizt und unbehaglich. Vielleicht kann er ihr ohne eine direkte Konfrontation etwas entlocken.

»Erinnerst du dich noch an den Professor, den wir vor ein paar Monaten am College getroffen haben?«, fragt er, als sie ineinander verschlungen auf der Klappliege ruhen. »James Galloway.«

»Ja, an den erinnere ich mich noch«, sagt Juliana.

Ihr Tonfall ist neutral, verhalten, desinteressiert. Aber weshalb hat sie so rasch geantwortet? Wenn Galloway ihr nichts bedeutet, wieso hat sie sich dann ohne jede Verzögerung an ihn erinnert, ohne das übliche sanfte Rütteln am Gedächtnis, wenn man versucht, sich an ein unbedeutendes, Monate zurückliegendes Ereignis zu erinnern? Er wird ihr noch ein wenig zusetzen.

»Du erinnerst dich also an ihn.«

»Ja«, sagt sie, »wieso?« Sie zieht ein Laken über ihre nackten Beine und damit auch über seine.

»Ist mir nur gerade eingefallen.« Er zögert. »Ich hatte den Eindruck, du hast ihm ziemlich gut gefallen.« Unbewusst bereitet sein Körper sich aufs Schlimmste vor. Ohne ihr Gesicht sehen zu können, wartet er.

Er wartet darauf, dass sie noch etwas sagt, aber sie tut es nicht, und er hat schon zu viel gesagt.

Als die Qual der Ungewissheit später in derselben Woche noch schlimmer geworden ist, beschließt er, nachts Galloways Kommen und Gehen zu beobachten. Er borgt sich Nick Blanchards Wagen, parkt um neun Uhr abends gegenüber von Galloways Haus und schaltet das Licht aus, lässt den Motor jedoch laufen, um es warm zu haben. Während die dunklen Stunden ereignislos vergehen, hört er Radio, schmiegt sich in das Kissen, das er aus seinem Zimmer mitgebracht hat, raucht Zigaretten und verflucht sich wegen seiner Torheit. So oder so, er ist ein Trottel.

Bei Tagesanbruch fährt er ausgekühlt und müde zum Campus zurück, duscht und geht in seine Vormittagsveranstaltungen. Im Studentenzentrum redet er auf Ralph Cunningham ein, ihm bei der Überwachung in der kommenden Nacht zu helfen. »Du hast nicht alle Tassen im Schrank«, sagt Ralph. »Außerdem ist es illegal, was du da tust. Ein weiser Rat: Lass es gut sein!«

Als Charles an diesem Abend in Nicks Wagen auf der Lauer liegt, kommt Galloway um zehn aus seinem Haus und fährt davon. Zuerst will Charles ihm folgen, kommt jedoch zu dem Schluss, dass man ihn sehen könnte. Deshalb wartet er im Dunklen. Gut möglich, dass Galloway nur weggefahren ist, um im über Nacht geöffneten Laden um die Ecke irgendetwas zu besorgen. Charles wird warten. Er fängt

damit an, eine der Straßenkarten in Fetzen zu reißen. Als sie nur noch aus Konfetti besteht, nimmt er eine andere Karte, dann noch eine. Allmählich geht sein eigener Verstand in Fetzen.
Um acht Uhr morgens kehrt Galloway zurück.
Ein unwahrscheinlicher Zufall? Spielt Galloway irgendwo die ganze Nacht Poker, oder hat er eine kranke Mutter, die beim Schlaf Gesellschaft braucht? Nun scheint das Unmögliche möglich zu sein. Ohne es zu wollen, stellt er sich vor, wie Galloway die Stadt verlässt und die lange Fahrt über die Landstraße, auf der gelegentlich Straßenschilder im Dunkel aufleuchten, schweigend hinter sich bringt, wie er schließlich durch den Tunnel nach New York kommt und südwärts nach Greenwich Village fährt. Er stellt sich vor, wie Galloway die Steintreppe über dem spanischen Laden hochsteigt, am Eingang zum Tanzstudio auf Juliana trifft und von ihr nach hinten geführt wird, in die Garderobe der Tänzerinnen. Die Tür geht auf, die beiden küssen sich. Zieht sie ihn aus? Beißt sie ihm in die Schulter und reibt ihre Brustwarzen an seiner Brust? Wie ist das möglich? Er kann es sich vorstellen, und zugleich kann er es sich doch nicht vorstellen.

Übernächtigt und unrasiert nimmt er den nächsten Bus nach New York. So oft ist er mit diesem Bus gefahren, dass er die abgenutzten Metallstufen kennt, die Reklame für Kosmetik und Abendschulen an der Wand, die schmutzigen, engen Sitze. Auf der Straße vor dem Tanzstudio wartet er auf sie, setzt sich auf eine rohe Betonstufe und wischt die Zigarettenstummel und die schmierigen Reste von Hamburgerverpackungen weg. Dreck und Kälte sind ihm einerlei. Seine Eingeweide stehen in Brand. Jede Sekunde wird etwas anderes vernichtet.

Nach einer Ewigkeit beginnen die Tänzer zum Probenbeginn ins Gebäude zu strömen. Sie gehen an seiner Stufe vorbei und stieren ihn fragend an. Ein undeutliches Durcheinander von Schals und Handschuhen, schweren Mänteln, Stiefeln. Er nickt stumm. Der Geruch von Schweinebraten und Wurst, von Urin. Seltsam, dass die Sinne weiter funktionieren, wenn die Gedanken erstickt worden sind. Er stellt sich ihr Gesicht vor, als er sie zum ersten Mal gesehen hat. Wie ein Engel. Sie lügt. Er hasst sie, wie er auch Galloway hasst. Aber er liebt sie auch.

Dann sieht er sie die Straße entlangkommen.

»Was machst du denn hier?«, fragt sie erschrocken. Dann wird sie weich und lächelt. »Na, das ist ja eine Überraschung.« Ihr Atem hinterlässt kleine graue Wölkchen in der kalten Luft.

Es könnte immer noch unwahr sein. Lass es unwahr sein. Ein grässlicher Alptraum. Langsam steht er auf; weil er eine Stunde in der Kälte gesessen hat, sind seine Beine taub. Kann er in sie hineinblicken? Er erkennt, dass er noch nie in der Lage gewesen ist, in sie hineinzublicken.

»Komm mit mir hoch zur Probe«, sagt sie.

»Wir müssen miteinander sprechen.«

»Du weißt doch, dass ich jetzt Probe habe. Ich hatte

keine Ahnung, dass du heute kommst. Komm hoch mit mir. Wir können in der Pause miteinander sprechen.« Mit einem türkisfarbenen Strickhandschuh greift sie nach seiner Hand.

Noch immer kann es unwahr sein. Wenn er vergisst, wenn er alles vergisst, kann er sich dann vorstellen, wieder in der Welt von vorher zu leben?

»Hör mich an«, sagt er. Etwas in seiner Stimme lässt sie innehalten. Sie bleibt in der eisigen Luft stehen und wartet auf das, was er zu sagen hat.

»Liebst du mich?«, fragt er. Ein merkwürdiger Anfang. Er wundert sich über sich selbst.

»Natürlich habe ich dich lieb.« Sie gehen einige Schritte am Eingang des Gebäudes vorbei und stellen sich vor eine kleine Konditorei, die geschlossen und mit einem Eisengitter verbarrikadiert ist. »Seit du mich das letzte Mal gesehen hast, hab ich mir ein neues Trikot besorgt«, sagt sie. »Mein anderes war viel zu grün. Ich hab mich darin wie ein Käfer gefühlt.«

Er betrachtet ihr Gesicht: das kleine Muttermal auf ihrer Lippe, das er so gut kennt, die dunkel geschminkten Wimpern, die grünen Augen.

»Liebst du noch jemand anderen? Irgendwelche anderen Männer?«

»Was hat das damit zu tun? Ich liebe dich.«

»Sag's mir. Gibt es noch jemand anderen?«

Außer Fassung geraten, zögert sie. »Ich hab dich so was nie gefragt, stimmt's? Ich hab dir nie gesagt, du könntest keine anderen Freundinnen haben. Du hast dein Leben, und ich habe mein Leben.« Sie blickt zum Eingang des Gebäudes zurück. Noch immer gehen andere Tänzer hinein. »Bitte, können wir in der Pause darüber sprechen? Gleich fängt die Probe an.«

»Triffst du dich mit James Galloway?«, sagt er und starrt sie an.

Sie scheint über seine Frage bestürzt zu sein. Ja, in ihrem Gesicht kann er Bestürzung und Schuldbewusstsein erkennen. Ist das etwa kein Schuldbewusstsein? Das muss es einfach sein. Aber sie sagt nichts. Sie beantwortet seine Frage nicht.

»Schläfst du mit James Galloway?«

»Ich will nicht darüber sprechen«, sagt sie.

»Wie kannst du nur?«, schreit er.

»Bitte.«

»Gib's zu.« Er reibt sich mit der Hand grob übers Gesicht. Er will etwas aufreißen. »Gib's zu.« Sie sagt nichts. »Wie kannst du nur? Er ist doppelt so alt wie du. Er ist mein Professor. Wie kannst du nur mit Galloway vögeln? Wie kannst du mir das antun?«

»Charles.« Sie nimmt seine Hand.

Er taumelt an das Eisengitter. »Wie lange geht das jetzt schon so?«

Sie antwortet nicht, hält einfach nur seine Hand. Nun stehen Tränen in ihren Augen.

»Willst du mich nicht mehr sehen?«, fragt sie.

»Doch«, sagt er kläglich. »Ich liebe dich. Ich wünschte, es wäre anders.« In seinem Schädel hämmert es. Was soll er sagen? Er weiß nicht, was er sagen und wie er sich verhalten soll. Vor wenigen Stunden hat sie noch in Galloways Armen gelegen.

Auf ihren Schenkeln ist noch Galloways Geruch verschmiert. »Willst du mit mir Schluss machen, wo du jetzt Galloway hast?«
»Nein, ich will nicht mit dir Schluss machen.«
»Ach, dann hast du also zwei Typen«, brüllt er, »vielleicht auch mehr als zwei! Gibt es noch andere? Sind es mehr als zwei? Ich will's nicht wissen.« Er senkt den Blick und sieht ihre Hand in seiner. Wie ist das möglich? Sie hat ihn auf die brutalste Weise betrogen. Deshalb hasst er sie, aber zugleich fühlt er sich todelend, weil er weiß, dass er sie dennoch verehrt, dass er sie nicht verlassen kann.

11

Das Bild, wie Juliana mit Tränen in den Augen vor dem verbarrikadierten Laden steht, sticht ihm ins Herz, als er in Galloways Büro steht, umgeben von Büchern und gerahmten Auszeichnungen. Ohne zu wissen weshalb, hat er ihr bereits teilweise vergeben. Niemals jedoch kann er Galloway vergeben, der sich selbst in diesem Augenblick, selbst nach Charles' ominösem Telefonanruf, gelassen gibt. Bestimmt weiß er, worum es bei dieser Besprechung geht.

»Was kann ich für Sie tun, Charles?«, fragt Galloway und verschränkt die Arme. Über seinem Kopf aber hängt die ewige Wolke aus Traurigkeit, der permanente Schatten. Trotz allem Vergnügen, das es ihm bereitet hat, Juliana zu vögeln, bleibt sein Leben unglücklich.

»Geben Sie's zu«, ruft Charles. »Sie schlafen mit ihr, mit Juliana.«

»Ja«, erwidert Galloway.

Die Antwort ist so rasch erfolgt, dass Charles vorübergehend desorientiert ist. Wo sind die Worte?

»Wie konnten Sie nur?«, sagt er. »Sie wissen, dass sie meine Freundin ist.«
»Natürlich weiß ich das. Sie haben uns ja bekannt gemacht. Sie hatten sie am Arm.« Galloway lächelt schwach, eher ein nervöses Zucken, und lässt sich in den Sessel hinter seinem Schreibtisch sinken. Mit einer Geste fordert er Charles auf, sich ebenfalls zu setzen.
Charles bleibt stehen. »Es will mir einfach nicht in den Kopf. Wie konnten Sie nur so was Schäbiges tun?«
Galloway seufzt. Er nimmt einen Briefbeschwerer aus Messing von seinem Schreibtisch und dreht ihn in der Hand. »Ich weiß nicht recht, wie ich es sagen soll. Eine junge Frau hält jemanden in meinem Alter lebendig. In fünfundzwanzig Jahren werden Sie das auch verstehen. Schöne junge Frauen ... sie sind die Blumen der Erde, sie bringen das Blut zum Strömen. Sie schaffen Leben. Es ist nicht richtig, dass sie sich nur jungen Männern hingeben. Wir alle brauchen sie.«
Was soll dieser pathetische Mist? Der Professor verfasst doch tatsächlich eines seiner dämlichen Gedichte, um seine Stimmung zu heben. »Juliana ist meine Freundin!«, brüllt Charles. »Sie gehört mir. Sie vögeln meine Freundin! Suchen Sie sich jemand anderen!«
»So einfach ist das nicht«, sagt Galloway leise. Dann hält er inne und blickt auf den Bücherschrank vor sich. »Wie alt sind Sie? Einundzwanzig? Zweiundzwanzig?«

Wieder macht er eine Pause, als suchte er nach Worten, die Charles begreifen kann. »Juliana und ich, wir haben uns irgendwie gefunden.«
»Gefunden? Wieso gefunden? Das glaub ich einfach nicht. Sie haben nicht die leiseste Ahnung von Juliana. Sie liebt Sie nicht. Sie liebt mich. Sie sind ein Mann Mitte vierzig und außerdem verheiratet. Sie sind verheiratet! Sie betrügen Ihre Frau.«
»Das hat nichts damit zu tun. Bitte verschonen Sie mich mit diesem antiquierten Moralgedusel.«
Charles knallt den Arm an ein Bücherregal, worauf ein Dutzend Bücher zu Boden stürzt. »Ich will, dass Sie aufhören, sie zu treffen! Haben Sie verstanden? Hören Sie auf damit!«
Wieder lächelt Galloway. Es ist kein arrogantes, sondern ein melancholisches, schmerzliches Lächeln. »Das kann ich nicht«, sagt er. »Es tut mir leid. Wegen Ihnen tut es mir leid, aber solche Dinge geschehen eben. Juliana und ich … zwischen uns ist etwas. Ich brauche sie.«
Charles geht einen Schritt auf Galloway zu, packt ihn am Oberarm und hält ihn einige Sekunden fest, bevor er wieder loslässt. »Wenn Sie nicht aufhören, sie zu treffen, sage ich es Ihrer Frau.«
»Das würden Sie doch nicht machen«, sagt Galloway. »Es besteht kein Grund, meine Frau in diese Angelegenheit hineinzuziehen.«
»Ich sage es Ihrer Frau, und ich werd es allen sagen. Präsident Gray sag ich es auch. Ich sorge dafür, dass Sie hier rausgeschmissen werden. Ich schreibe einen Brief an den Anglistenverband. Hoffentlich geht

Ihre Karriere vor die Hunde. Hoffentlich ist Ihr Leben ruiniert.«

»Bitte, Charles.« Zum ersten Mal schaut Galloway ihn direkt an. »Sie rasten aus. Ich weiß, Sie sind aufgebracht. Reden wir doch wie zwei Männer darüber.«

»Sie können mich mal! Jetzt rede ich! Ich werde Ihr Leben ruinieren. Was aus Ihnen wird, ist mir scheißegal. Ich werde Ihr Leben ruinieren.«

Galloway ist bleich geworden. Er steht von seinem Schreibtisch auf und streicht sich das lange Haar zurück. Langsam geht er zum Fenster und blickt hinaus. »Na schön«, sagt er fast flüsternd, den Rücken zu Charles gewandt. »Ich werde sie nicht mehr treffen.«

»Sofort. Ich will, dass das sofort aufhört.«

»Gut. Ich rufe sie heute abend an und sage es ihr.« Galloway dreht sich um. Sein Gesicht hat alle Farbe verloren. »Können Sie jetzt gehen?«

»Woher weiß ich, dass Sie sie wirklich nicht mehr treffen?«

»Fragen Sie Juliana.«

Charles zögert. »Und was ist, wenn sie es mir nicht sagt?« Der letzte Satz ist ihm zutiefst peinlich, weil er damit vor Galloway zugibt, dass Juliana nicht ganz ehrlich ihm gegenüber ist.

»Charles, bringen Sie mir ein wenig Achtung entgegen. Ich achte Sie; Sie achten mich. Ich gebe Ihnen mein Wort. Wenn Sie in zwei Wochen nicht davon überzeugt sind, dass ich Juliana nicht mehr treffe, dann stellen Sie mich bloß. Tun Sie, was Sie wollen. Ich habe Ihnen mein Wort gegeben.«

»Dann haben wir eine Vereinbarung.«
Galloway nickt. »Und jetzt«, sagt er, »verlassen Sie mein Büro.«

Aber das ist überhaupt nicht so wie in meiner Erinnerung. Mir schwirrt der Kopf, ich bin verwirrt. Kann ich mich derart brutal verhalten haben? Ich war naiv, ja, und töricht ebenfalls. Aber ich war kein gemeiner Mensch. Gewiss, Galloway hatte verdient, gemein behandelt zu werden. Galloway hatte verdient, bedroht zu werden. Woran ich mich erinnere, ist dies:

Es war ein Samstagmorgen, vielleicht auch ein Sonntag, da bin ich mir nicht sicher. Ich rief Galloway in aller Frühe zu Hause an und sagte, ich hätte etwas Wichtiges mit ihm zu besprechen. Im Hintergrund hörte ich irgendwelchen Jazz, einen Saxophonisten. Galloway schätzte besonders John Coltrane. Selbst am Telefon und ohne etwas von Juliana zu sagen, hörte ich das Schuldgefühl in seiner Stimme. Er hatte den Zweck meines Anrufs erraten.

Wir trafen uns in seinem Büro auf dem Campus. Inzwischen hatte ich zwei Tage lang nicht geschlafen. Seit Donnerstag hatte ich weder geduscht noch die Kleidung gewechselt. Trotz alledem war mein Verstand extrem wach, wie es eben ist, wenn Wut und Eifersucht jede Zelle des Körpers elektrisieren. Ich war ein blank liegender Nerv.

Als Galloway den verschlafenen Flur entlangkam, erkannte ich ihn kaum. Soweit ich mich erinnere, trug er eine schwere Lederjacke und einen Cowboy-

hut. Draußen schneite es, und auf seinen Schultern lag eine dünne Schneeschicht wie ein Pelzkragen.
»Ich habe so was erwartet«, sagte er, während er seine Bürotür öffnete. Ja, die Wolke aus Traurigkeit war da, sie hing über seinem Kopf. So traurig hatte ich ihn noch nie gesehen. Dazu das Schuldgefühl in seinen Augen. Er sah mich kurz an und wandte dann den Blick ab. Ging zu einem Bücherbord, als wüsste er nicht, was er mit sich anfangen sollte, schlug einen Band von Robert Frost auf, lächelte ironisch und stellte das Buch dann behutsam an seinen Platz zurück. »Das Leben ist gleichzeitig erwartet und unerwartet, nicht wahr, Charles?« Ich bin mir ziemlich sicher, dass er das gesagt hat. Anschließend versank er hinter seinem Tisch und zeigte mit einer schlaffen Geste auf einen anderen Stuhl. Ich setzte mich. Ich brauchte fast nichts sagen. Im Schweigen zwischen uns war alles schon vorhanden. Er spürte meinen Hass.
»Geben Sie's zu«, sagte ich nach einigen Momenten. »Sie schlafen mit Juliana, stimmt's?«
»Ja.« Er spielte mit irgendetwas auf seinem Tisch, einem Aschenbecher oder Kugelschreiber, vielleicht auch mit dem Briefbeschwerer. Dann nahm er seinen Cowboyhut ab und legte ihn behutsam auf den Tisch.
»Wie konnten Sie nur so etwas Schäbiges tun?«, fragte ich.
Galloway stieß einen langen Seufzer aus. »Das kann man wohl sagen. Sind wir nicht alle schäbige Gestalten? Wir können unsere Triebe nicht beherrschen.

Besonders wir Männer, wenn wir schöne junge Frauen sehen. Wir sind Tiere. All die angemessenen Verhaltensregeln, die Ideale, die Werte, die Achtung, die Selbstachtung – bei schönen jungen Frauen löst sich alles in nichts auf. Das wissen Sie bestimmt. Wenn nicht jetzt, dann bestimmt in fünfundzwanzig Jahren.«
Zu meiner Schande glaube ich, dass ich irgendeine Verbindung zu ihm spürte. Daran erinnere ich mich jedenfalls. Er erzählte mir etwas vom Leben. Trotz allem, was er mir angetan hatte, verspürte ich Mitgefühl. »Sie ist meine Freundin«, sagte ich. »Sie haben mit meiner Freundin geschlafen.«
»Ja«, sagte Galloway. »Ich weiß nicht, was ich sagen soll. Wir sind Tiere. Was ich getan habe, tut mir leid. Es tut mir für uns alle leid. Ich werde damit Schluss machen. Eigentlich bin ich sogar froh, dass Sie mich heute angerufen haben.«
Soweit ich mich erinnere, klopfte jemand an die Tür. Ich glaube, es war eine Putzfrau, die hereinwollte, um die Papierkörbe zu leeren. Galloway war so durcheinander, dass er nicht wusste, was er zu ihr sagen sollte. Unerschrocken schob sie ihren Abfallkarren herein, beäugte uns argwöhnisch, als hätten wir so früh an einem Samstagmorgen oder Sonntagmorgen, wann immer es war, nicht da sein sollen; dann leerte sie die Papierkörbe und verschwand.
»Woher weiß ich, dass Sie wirklich Schluss machen?«, fragte ich.
Galloway erhob sich von seinem Tisch und ging zum Fenster, wo er stehenblieb und auf den Campus

hinausblickte. Die Sonne draußen war niedrig und kühl, sie strich flach über den verschneiten Hof und die Wege. Ich sah die Steinmauer rund um das McMillan House, aus dem Kamin der Mensa kräuselte sich Rauch. In meiner Erinnerung ist dieser Anblick noch sehr lebendig, dazu Galloway, der dunkel und riesig vor dem Fenster steht.

»Ich glaube, meine Frau weiß davon«, sagte er leise und mit dem Rücken zu mir. »Sicher bin ich mir nicht, aber ich vermute es. Ich spreche jetzt im Vertrauen mit Ihnen, okay? Wir sind zwei Männer, die miteinander sprechen. Ich wollte mich mit Juliana nicht einlassen. So etwas passiert einfach. Wir haben uns irgendwie gefunden, aber es macht mich kaputt. Ich muss meine Frau anlügen. Das ist meine zweite Affäre. Sie haben keine Ahnung, wie es ist, dauernd die eigene Frau anzulügen. Es frisst einen auf. Es frisst das Vertrauen in der Ehe auf. Clara vertraut mir nicht mehr.«

»Wieso sagen Sie es Ihrer Frau nicht einfach?«, fragte ich. Ich hatte meine eigene Meinung über Galloway und seine Frau, eine verdorrte Ehe. »Die Sache mit Ihrer Frau tut mir leid, aber mit mir hat das nichts zu tun. Worum es mir geht, das sind Juliana und ich. Ich verstehe, was Sie über schöne Frauen gesagt haben, aber suchen Sie sich jemand anderen. Finden Sie eine andere schöne junge Frau. Juliana gehört mir. Ich will, dass Sie aufhören, sie zu treffen. Sofort.«

Galloway wandte sich vom Fenster ab, um mich anzuschauen. Er sah uralt aus.

»Ich habe bereits beschlossen, mit ihr Schluss zu machen. Gestern abend hab ich es ihr gesagt. Es ist nicht wegen Ihnen, Charles. Ich will nicht so tun, als ginge es mir um Moral. Die Sache ist die, Sie sind jung und haben noch Ihr ganzes Leben vor sich. Was immer auch geschieht, Sie werden darüber hinwegkommen. Wenn ich Juliana wirklich wollte, würde ich sie behalten, egal, was Sie sagen. Ich brauche sie. Aber den Rest meines Lebens brauche ich noch mehr. Ich mache mich kaputt und meine Frau ebenfalls. Ich habe beschlossen, bei meiner Frau zu bleiben. Ich will es gemeinsam mit ihr schaffen. Das klingt sentimental, nicht wahr? Wussten Sie, dass ich so sentimental bin?«
Dann stand ich auf. Und das ist, woran ich mich erinnere: Ich ging zum Fenster und streckte ihm die Hand entgegen. Auf wundersame Weise drückten wir uns die Hand. Zwei Männer, die beide versuchten, in einer Welt voll unergründlicher Gefühle, voller Wut, Eifersucht und menschlichen Scheiterns klarzukommen, in einer Welt, die Karl Jaspers und die Existentialisten so gut kannten.
»Und nun«, sagte Galloway, »könnten Sie bitte gehen?«

So habe ich mich immer daran erinnert. Ich war wütend, doch grausam war ich nicht. Aber ich hätte grausam sein sollen. Ich hätte ihm den Arm ausrenken sollen.
Jahrelang habe ich mich an dieses Gespräch mit Galloway als an einen Wendepunkt in meinem

Reifungsprozess erinnert. Ich habe gedacht, damals wäre ich zum ersten Mal in der Lage gewesen, von oben auf mich herabzublicken und mich auf der Bühne des Lebens zu sehen. Ich hätte Galloway bedrohen können, doch das tat ich nicht; ich hätte ihn tätlich angreifen können, doch das tat ich auch nicht. Ich hörte zu. Ich hatte Mitgefühl mit ihm, so verachtenswert er auch gehandelt hatte. Ich begriff, dass die Welt aus Kopf und Herz besteht, dass das Leben nicht vernünftig ist, sondern dass wir mit dem Leben ringen müssen. Wie ein Adler habe ich mich über die Situation erhoben. Jahrelang habe ich dieses Zeug geglaubt. Was hatte ich nur im Kopf? Dieses verfluchte Rationalisieren macht mich krank.

Am meisten stolz aber war ich auf diese scheinbar großartige Geste am Ende der Begegnung, als ich ihm die Hand reichte. Da stand Galloway, fast fünfundzwanzig Jahre älter als ich, ein Mann von Welt, ein Collegeprofessor, ein Literaturwissenschaftler, ein Mann, der meine Freundin gevögelt hatte, und ich war es, nicht er, der die Hand ausstreckte. Weil ich zu begreifen glaubte, was er sagte. Ich glaubte: Um so meine Hand ausstrecken zu können, musste ich begriffen haben. Ich muss angenommen haben, es gäbe irgendeine Verbindung zwischen uns. Was für ein ekelhafter Quatsch. Meine Hand wird immer schmutzig bleiben.

Manchmal frage ich mich, wie sich wohl Galloway an jenen Morgen vor so vielen Jahren erinnert, oder ob er sich überhaupt daran erinnert. Inzwischen muss er weit über siebzig sein, vielleicht ist er nicht mehr am Leben. Einige Jahre lang habe ich ihn im Auge behalten, weil ich mich zu ihm hingezogen fühlte, wie man sich eben zu Menschen hingezogen fühlt, die man hasst. Ich hörte, er habe sich von seiner Frau scheiden lassen und seinen Posten am College aufgegeben, sei umgezogen und an irgendeine Privatschule an der Westküste gegangen. Später sei er erneut umgezogen. Vor etwa fünfzehn Jahren habe ich den Namen James Galloway auf der Jurorenliste eines studentischen Lyrikwettbewerbs gesehen, aber ich wusste nicht, ob er derselbe Galloway war. Einst habe ich ihn bewundert. Wäre er nicht erfreut, wenn er sehen könnte, wie getreu ich in seine Fußstapfen getreten bin?

Ich wünschte, ich könnte mit ihm nur über diese eine Begegnung sprechen. Habe ich ihn bedroht oder nicht?

Habe ich ihm die Hand gereicht oder nicht?

Auf seinem mitternächtlichen Heimweg von der Bibliothek stößt Charles auf den unruhigen Schein eines offenen Feuers. Es ist eine der vielen Nachtkundgebungen gegen den Vietnamkrieg. Flackernde Studenten stimmen Sprechchöre an, schwenken Plakate und verteilen Flugblätter. »Schreib deinen Namen auf die Liste hier.« »Machst du am Donnerstagabend bei der Demo gegen den Besuch des Außenministers mit?« Alles sehr geordnet und geschäftsmäßig, ganz anders als das zornige Durcheinander vor drei Monaten.

Die Leute gewöhnen sich an alles, denkt er. Wieder

eine Unbegreiflichkeit. Er fragt sich, ob er sich wohl an Julianas Treubruch gewöhnen wird. Selbst jetzt, Wochen später, weigert sie sich, mit ihm über Galloway zu sprechen, und verhält sich, als hätte sie nichts Falsches getan. Sie faucht ihn an, weil er sich in ihr Leben einmischt. »Du beherrschst mich nicht«, hat sie einmal gesagt.

Wäre dies ein Pokerspiel, sie hätte ihn leicht geschlagen. Würde sie ihn lieben, wie sie behauptet, so würde sie ihm von ihrer Mutter erzählen, sie würde mit ihm über eine gemeinsame Zukunft sprechen, sie würde erklären, wieso sie mit Galloway geschlafen hat. Stattdessen liegt sie in der Garderobe der Tänzerinnen in seinen Armen und fordert ihn auf, ihr Gedichte vorzutragen. Das tut er auch, obwohl ihm die Gedichte inzwischen brüchig und düster vorkommen. Alles, worum sie ihn bittet. Er näht die kleinen Risse in ihren Trikots zu. Er hilft ihr dabei, den Vertrag für die kommenden Vorstellungen im Mai durchzuackern. Er wäscht sie mit dem Schwamm ab, wenn sie zu müde ist, um sich zu regen. Alles, worum sie bittet. Von Tag zu Tag liebt er sie mehr.

Gefangen. Er ist ihr Gefangener. Er versucht, sie sich in zehn Jahren vorzustellen: Sie nimmt allmählich zu, in ihrem Gesicht zeigen sich Falten der Enttäuschung und der Niederlage. In einem Raum voller Spiegel und Messingstangen gibt sie jungen Mädchen Ballettstunden. Oder doch die große Chance, die Salbung durch Balanchine.

Ein kalter Wind fährt ihm durch die Kleider. Fröstelnd steht er am Feuer, dessen Wärme den Schnee in einem weiten Kreis aus Matsch und Schlamm zum Schmelzen bringt. Er sieht Leute, die er kennt: Phillipe Renault, Fred Morgan, seinen Zimmergenossen im ersten Studienjahr, Robby Talbot, einen ruhigen Burschen, der Phantasielandkarten an seine Wand malt. Einer der Studenten steht auf einer Coca-Cola-Kiste und verliest eine Rede durch ein Megaphon. Wohnheimfenster gehen auf, Leute brüllen in die eisige Nacht hinaus, man solle ruhig sein. Geht ins Bett!

Ja, geht ins Bett. Er sollte zu Bett gehen, sich in sein schönes, weiches Bett legen. Mit einem Mal kommt er sich wie ein Feigling vor. In den Krieg zu ziehen oder sich dem zu verweigern, würde Mut erfordern. Er treibt bloß dahin. Im vergangenen Monat ist Wayne Manning nach einer Schießerei an der UCLA den Black Panthers beigetreten. David Lassal ist nach Biafra gegangen, um dort für das Welternährungsprogramm zu arbeiten. Er hingegen ist in diese geordnete Kundgebung hineingeschlittert, als er gerade von seinem gemütlichen Schreibtisch in der Bibliothek zurückgekehrt ist, wo er sich mit Lyrik, der islamischen Architektur in Spanien und Platons *Republik* beschäftigt hat. Er ist ein Feigling. Er will seine Haut für etwas aufs Spiel setzen, woran er glaubt, weiß jedoch nicht, woran er glaubt. Außer an Juliana.

Wer nimmt eigentlich noch an dieser höflichen Protestkundgebung teil? Er will irgendjemanden in den Schlamm ringen, will Knochen brechen.

»Charles.«

Als er aufschaut, sieht er Ralph, der ein Plakat und eine mit Bier gefüllte Dose in Form eines Tennisballs in den Händen hält. Auf Ralphs Plakat steht in säuberlich schablonierten Buchstaben: »Raus aus Vietnam, Amerika!« In den letzten Monaten hat Ralph geradezu unmäßige wissenschaftliche Fähigkeiten zur Schau gestellt. Für seine Abschlussarbeit erforscht er hartnäckig einen unbekannten britischen Botaniker des achtzehnten Jahrhunderts namens Stephen Lithgrave, der laut Ralph lange vor Linné eine Nomenklatur der Pflanzen entwickelt hat. Jede Woche zeigt Ralph ihm Zeichnungen, komplizierte Diagramme, Gartenzeitschriften. Charles fühlt sich zu Ralph hingezogen. Auch Ralph ist ein Feigling, aber ein enthusiastischer Feigling. Charles hingegen hat seine Arbeit über Emily Dickinson aufgegeben. Zu Galloway zu gehen, um sich von ihm betreuen zu lassen, wäre ihm unerträglich. Allerdings besucht er weiterhin dessen Vorlesungen und findet ein beschämendes Vergnügen daran, Galloway durch seine bloße Anwesenheit daran zu erinnern, dass er der Sieger ist, derjenige, der das Mädchen letztendlich bekommen hat.
»Na, wie läuft es so?«, fragt Ralph. »Immer noch mit der kleinen Ballerina zugange?«
»Bitte sprich nicht so über sie.«
»Pardon moi, welch ein Fauxpas.« Ralph grinst und entblößt die perfekten Zähne, die unter großen Kosten für seine Eltern gerichtet worden sind. »Schau nicht so verbiestert. Wir sind bei einer Demo.«

Ralph wirft seine Sammlung Flugblätter ins Feuer. Andere Studenten beschicken das Feuer mit Flohmarktmöbeln aus ihren Zimmern, Kleidungsstücken, Schuhen, Kollegheften. Das Feuer ächzt und rülpst wie ein alter Mann mit Blähungen.

»Hör mal«, sagt Charles, »hast du nicht einen Cousin oder so was ähnliches, der bei Saks Fifth Avenue in New York arbeitet?«

»'nen Onkel.«

»Na schön, 'nen Onkel. Kannst du mir einen Gefallen tun?«

Ralph schnallt den Gürtel seines dunkelgrünen Army-Trenchcoats enger. »Klar, nur raus mit der Sprache.«

»Könntest du deinen Onkel fragen, ob er in seinem Geschäft einen Job für Juliana finden kann? Momentan arbeitet sie in irgendeinem miesen Lokal.«

Ralph stößt einen Pfiff aus. »Ich soll ihn anrufen? Was soll Juliana denn bei Saks Fifth Avenue tun?«

»Sie könnte alles tun. Sie könnte Kleider verkaufen oder Schmuck.«

»Dann wäre sie also eine Verkäuferin.« Er spricht die Worte so langsam aus wie ein Kind, das sie nie zuvor gehört hat. »Welche Erfahrungen hat sie im Verkauf von Kleidung?«

»Erfahrung? Kleidung zu verkaufen, kann man doch lernen.« Ralphs schwerfällige, aber richtige Fragen verärgern ihn, als wäre er der Chef, der eine Stelle zu vergeben hat. Mit Ralph zu sprechen ist so, wie einen Koffer voll Zement zu lüpfen. »Juliana ist nicht von gestern. Du hast sie doch kennenge-

lernt. Sie kann lernen, alles zu verkaufen. Komm schon, Ralph.«
»Wieso kann sie ihren Job in dem Lokal eigentlich nicht behalten?«
»Sie kann ihn behalten, aber er macht sie kaputt. Sie hasst ihren Job.«
Ralph schüttelt den Kopf. »Ich weiß nicht recht. Bei solchen Sachen bin ich nicht so gut. Ich kann mir nicht mal selbst einen Job besorgen. Ich muss darüber nachdenken.«

Zwei Wachmänner von der Campuspolizei mit Schlagstöcken sind eingetroffen. Sie stehen den Demonstranten wohlwollend gegenüber, müssen jedoch ihre Pflicht tun. »Geht ins Bett, Leute!« Der Geruch von Marihuana in der Luft. Die Polizisten torkeln umher und tun so, als wären sie ebenfalls bekifft, dann treiben sie die Studenten behutsam in ihre Wohnheime.
Charles kann nicht einschlafen. Er spürt, dass er in einer stählernen Kiste hockt, deren Wände auf allen Seiten immer näherkommen. Als er die Augenlider zusammenpresst, sieht er Juliana tanzend durch die leere Luft schweben. Er lebt von einem Besuch bei ihr zum nächsten.

Am Montag ruft sie ihn von Frankie's aus an. »Ich habe meine Tage nicht bekommen«, sagt sie.
Er murmelt etwas ins Telefon, während er versucht, zu verstehen, was sie gesagt hat. »Liegt das womöglich an den Benzos?«, fragt er.

»Nein. Ich nehme schon zwei Jahre Benzos, und so etwas ist noch nie passiert.«

»Wann sollten sie denn kommen?«

»Am Mittwoch. Sonst sind sie bei mir immer total regelmäßig. Ich flippe langsam aus.«

»Wart doch noch ein paar Tage ab.« Er weiß nicht, was er sagt. Er will sie beruhigen. Könnte er sie berühren, dann könnte er sie bestimmt beruhigen.

»Ich flippe aus, Charles. Ich darf einfach nicht schwanger werden.«

Im Hintergrund hört er Gläserklirren, Reden und Lachen. »Du bist nicht schwanger«, sagt er. »Wenn einmal die Tage ausfallen, ist man noch lange nicht schwanger.« Schlagen Frauen nicht ständig blinden Alarm wegen solcher Sachen? Sie klingt hysterisch. »Ich komme morgen nachmittag zu dir ins Studio«, sagt er. »In Ordnung?«

»Was?«

»Ich komme morgen nachmittag zu dir ins Studio. Den Nachmittagsunterricht lasse ich ausfallen.«

»Okay. Okay.«

Als er im Studio eintrifft, genau in der Pause zwischen zwei Proben, tut sie etwas, was sie noch nie zuvor getan hat: Vor aller Augen läuft sie auf ihn zu und wirft sich ihm in die Arme. »Da bist du, da bist du, da bist du«, flüstert sie. Er spürt ihr Herz an seiner Brust schlagen. Sie lässt ihn nicht mehr los. »Ich darf einfach nicht schwanger sein«, flüstert sie. »Das darf ich nicht.« Irgendwo sprechen andere Tänzer leise miteinander und machen schleifende Geräusche, während sie sich dehnen. Juliana schmiegt sich

an ihn und überlässt ihm ihr Gewicht. »Das darf ich nicht.«
»Nein.« Er hält sie fest und riecht den mit Schweiß gemischten Lavendel. Es dämmert, und die Luft im Studio ist dickflüssig wie Wasser. Die Geräusche kommen ihm verstärkt vor. Der Pianist, der gerade Pause macht, stimmt ein Arrangement von »Yesterday« an, bezaubernd und beklemmend. »Nein, du bist nicht schwanger.«
Ohne ihn loszulassen, flüstert sie: »Ich bin froh, dass du gekommen bist. Es ist so eine lange Fahrt, nicht wahr?«
Er hat ihr ein Geschenk mitgebracht. Hand in Hand gehen sie in den hinteren Flur, wo er das Schächtelchen öffnet und ein silbernes Armband mit Bernstein herausnimmt. Er legt es ihr ums Handgelenk wie eine silberne Mondsichel vor dem rosaroten Himmel.
»Du sollst mir nicht so viele Geschenke machen«, sagt sie. Dann küsst sie ihn, und er ist glücklich, dass die Hysterie vorbei ist. Er will sie so, wie sie früher gewesen ist, vor Galloway.

12

In dieser Nacht bleibt er nicht bei ihr, sondern nimmt den letzten Bus zurück ans College. Es ist eine schauerliche Fahrt mitten in der Nacht, und er würde die dunklen Stunden viel lieber in ihren Armen verbringen, aber er hat schon zu viel Unterricht versäumt, und außerdem hat er bereits vor, sie am Samstag zu treffen. Aus irgendeinem Grund fühlt er, dass er seine Liebe überzeugender unter Beweis gestellt hat, indem er nicht geblieben ist, indem er von ihr keine Gegenleistung verlangt hat. Er hat die Fahrt nur auf sich genommen, um sie zu trösten und dann wieder abzufahren. Die Affäre mit Galloway hat er ihr verziehen. Bedingungslose Liebe. Die will er ihr schenken, und die will er auch von ihr. Man sollte geben, ohne etwas dafür zu verlangen. Jedes andere Geben ist eigennützig. Aber er ist wohl doch ein wenig eigennützig, wenn er will, dass sie seine Liebe erwidert, oder? Er hofft, dass sie seine Liebe erwidert. Ist es möglich zu lieben, ohne Gegenliebe zu erwarten? Gibt es etwas so Reines? Oder beruht die Liebe von Natur aus auf Wechselseitigkeit wie das Meer und die Wolken, wie die Verdunstung des Meerwassers, das vom Regen wieder aufgefüllt wird? Während er über solche Fragen nachdenkt und die Scheinwerfer der entgegenkommenden Fahrzeuge nacheinander durch den dunklen, stillen Bus schweifen, sinkt sein Kopf an den harten Metallsitz, und er döst ein.

Um ein Uhr morgens erreicht der Bus schnaubend und keuchend den kleinen Bahnhof in der Nähe des College. Hier ist es eisig kalt und riecht nach verschüttetem Bier und Schlimmerem. Ein schmutziger Linoleumboden, ein Wandkalender, auf dem das Blatt für Juni aufgeschlagen ist, eine schadhafte Neonröhre an der Decke, die flackert wie ein Licht am Weihnachtsbaum. Zwei Männer in abgerissenen Mänteln, die statt Handschuhen Socken tragen, sitzen fröstelnd auf einer Bank. Ist dieser Ort wirklich? Jedes Objekt und jeder Mensch scheinen wie durch Zaubertinte in Charles' Erinnerung zu verschwinden, sobald er den Blick abwendet. Er hastet aus dem Bahnhof, überquert die Straße und betritt den Campus. Auf beiden Seiten des Weges eine Mauer aus Schnee. Schlafen.

»Hier sehen wir eine Nordansicht des Myrtenhofs der Alhambra, begonnen unter Ismail I., fortgeführt von Yusuf I. und vollendet von dessen Sohn Muhammad V. im Jahre 1370. Beachten Sie den Mittelbogen mit je drei kleineren Bögen auf beiden Seiten und das filigrane Schnitzwerk über allen Bögen, das einen star-

ken Kontrast zu der massiven, bergähnlichen Steinmauer darstellt, die sich darüber und dahinter erhebt, als sollten wir gleichermaßen die Kunstfertigkeit und die Macht des Islam wahrnehmen. Das Wasserbecken und seine Marmoreinfassung lenken den Blick zum Mittelbogen. Dahinter befindet sich ein Labyrinth verschachtelter Höfe, in denen die einzelnen Behörden untergebracht waren.«

Hat er die Worte seiner Professors gehört oder sie geträumt? Schlaftrunken malt er sich aus, wie er und Juliana sich auf dem Kissen des Sultans im Myrtenhof der Alhambra lieben. Es ist ein Samtkissen aus dunklem Purpur und Gold, so lang wie der Körper eines Menschen.

Der Professor ist ein nervöser kleiner Mann mit einem nervösen kleinen Schnurrbart. Er trägt einen grauen Anzug, der wie angegossen auf seinen nervösen Schultern sitzt, und irgendeine Vereinsnadel im Aufschlag. Wenn er umhergeht, klirrt die Silberkette seiner Taschenuhr an seiner Hüfte. Während er nun das nächste Dia in den Projektor einlegt, zögert er und wirft Charles im trüben Licht einen Blick zu, als wolle er ihn bitten, gut aufzupassen. Er bewundert Charles' poetische Beschreibungen der islamischen Architektur Spaniens, bewundert sie so sehr, dass er sie in seinen Vorlesungen verwendet und auch heute verwendet hat. Insgeheim hat er Charles sogar gebeten, mit ihm bei seinem nächsten Buch zusammenzuarbeiten.

Im dunklen Hörsaal sinkt Charles an seinem Tisch schläfrig in sich zusammen, obwohl er den flehentlichen Blick des Professors wahrnimmt. Auch andere Studenten sitzen schläfrig an ihren Tischen, manche schnarchen sogar. Doch diese sieht der Professor nicht an. Charles blickt zu der weiß schimmernden Leinwand hoch und spürt, dass etwas in der Luft liegt.

Am Samstag ist ihr übel. Während ihres Morgentrainings erbricht sie sich. Erst bittet sie ihn zu gehen, dann bittet sie ihn zu bleiben, dann wieder, zu gehen. Sie schleppt sich auf die Toilette, zieht ihr verschmutztes Trikot aus und kommt mit einem seiner langärmligen weißen Hemden zurück, das lose über ihren Jeans hängt.

»Lass mich zu deiner Tante mitkommen«, sagt er. »Ich tupfe dir kaltes Wasser auf die Stirn.«

»Nein«, sagt sie. »Kik kümmert sich schon um mich.«

»Bitte«, sagt er und versucht, sie zu umarmen.

»Nicht. Schau mich nicht an. Ich sehe schrecklich aus.«

»Dir ist bloß schlecht. Jedem wird mal schlecht. Ich will mich um dich kümmern.« Das Training hat wieder angefangen. Die Tänzer beugen und dehnen sich zu den gebellten Befehlen der Domina.

»Ich muss raus hier«, sagt sie und geht auf die Tür zu. »Das Klavier dröhnt mir im Kopf. Bitte komm nicht mit. Du bist so lieb. Ich ruf dich morgen an. Morgen geht's mir wieder gut.«

In der folgenden Woche verschwindet ihre Übelkeit einige Tage lang und kehrt dann zurück. Als er sie am späten Mittwochabend bei Frankie's trifft, ist sie so erschöpft, dass sie sich kaum noch auf den Beinen halten kann. Wie hat sie bloß sechs Stunden arbeiten können? Im U-Bahn-Wagen lehnt sie sich an ihn und schläft an seiner Schulter ein. Heute abend wird er sie nur nach Hause bringen. An der Türschwelle ihrer Tante bittet er sie, einen Arzt aufzusuchen. Nein, sagt sie, sie werde nicht zum Arzt gehen. Wann hätte sie denn Zeit, zum Arzt zu gehen? Nimm dir wenigstens bei Frankie's ein paar Tage frei, schlägt er vor. Das sei unmöglich, sagt sie. Im hellen Licht der Lampe über der Tür ihrer Tante sieht sie bleich und ausgemergelt aus. Wäre es möglich, dass sie schwanger ist?, fragt er. Sie dürfe nicht schwanger werden, erwidert sie. Sie sei nicht schwanger, sie habe bloß die Grippe. Man müsse den Schnupfen füttern und die Grippe aushungern. Sie esse zu viel, sagt sie. Die Grippe aushungern.

Eine Woche später ruft sie ihn spätabends an. Ihre Stimme ist papierdünn. »Weißt du was?«, sagt sie. »Ich bin nicht schwanger.«

»Woher weißt du das? Warst du beim Arzt?«

»Nein, aber ich hab abgenommen. Jetzt bin ich bei sechsundvierzig Kilo. Wenn man schwanger ist, nimmt man doch zu. Ich hab ja gewusst, dass ich nicht schwanger bin.«

»Wie fühlst du dich?«

Sie fängt an zu weinen.

»Juliana. Was ist denn?«

»Ich weiß nicht. Ich bin so traurig. Weiß auch nicht, warum.«
»Juliana, bitte geh zum Arzt.« Wegen des Lärms im Lokal kann er sie kaum verstehen.
»Sag doch was. Wieso fühle ich mich bloß so?«
»Bitte geh zum Arzt. Egal, was es ist, wir werden damit fertig. Bitte geh zum Arzt.«
»Na gut. Jetzt ruft man nach mir«, sagt sie schluchzend. »Ich muss los. Komm nächsten Dienstag.«

Sie sitzen auf der Liege der Garderobe und essen einen zerteilten Apfel.
»Wo hast du den her?«, fragt sie.
»Aus irgendeinem Lebensmittelladen. Ich hab noch mehr. Es ist ein Macintosh, stimmt's?«
»Keine Ahnung. Mit den Namen von Sachen kenne ich mich nicht aus. Da bist du viel besser drin.« Langsam schält sie mit ihrem Fingernagel die rote Haut ab. Sie isst. Zusammen mit dem Apfel schluckt sie zwei kleine blaue Pillen und nimmt einen Schluck aus ihrer Thermosflasche. Sie ist schmaler, als er sie je zuvor gesehen hat.
Während sie Apfelstücke essen, lauschen sie dem langsamen Tropfen des Wasserhahns über dem Waschbecken. Ihre Kleider liegen in einem Haufen auf dem feuchten Boden; sie trägt nur den türkisfarbenen Bademantel, den er ihr geschenkt hat. Das letzte Stück Apfel.
»Sag's mir«, verlangt er.
»Ich bin schwanger.«
»Schwanger.« Er wiederholt das Wort, als wäre es

wie jedes andere. Schließlich ist es doch nur ein Wort, oder? Beharrlich hallt es in ihm wider.

»Der Arzt sagt, ich bin in der sechsten oder siebten Woche. Deshalb war mir auch übel. Ich bin schwanger.«

Noch immer hört er den Widerhall des Worts. Hat er die ganze Zeit gewusst, dass sie schwanger ist? Dass er ihr das angetan hat?

»Ich lasse es abtreiben«, sagt sie und fängt an zu weinen. Die Tränen rinnen ihr an Gesicht und Hals hinab. »Lynn kennt einen Arzt, der es für vierhundertfünfzig Dollar machen kann. Ich weiß nicht, wo ich das Geld hernehmen soll.« Sie hält inne und wischt sich mit dem Handrücken übers Gesicht. »Kik ist so wütend, dass sie mit mir nicht mal darüber spricht.«

Ihm schwirrt der Kopf. Er muss nachdenken. »Ich helf dir beim Bezahlen. Ich bezahle es.«

Sie bindet einen Knoten in den Seidengürtel ihres Bademantels, löst ihn und knüpft ihn noch einmal. Sie sieht ihn nicht an. »In sechs Monaten zahle ich's dir zurück«, sagt sie.

»Du brauchst es mir nicht zurückzuzahlen. Es ist auch mein Problem.«

»Aber ich will es dir zurückzahlen. Wenn du mich nicht lässt, nehme ich das Geld nicht an.«

Er nickt. Noch nie hat sie ihn um irgendetwas gebeten, und er weiß, dass sie es hasst, ihn um Geld zu bitten. Er betrachtet die lange Biegung ihres Halses, ihren schlanken Leib, und er versucht sich vorzustellen, wie ihr Bauch anschwillt, wie er immer größer wird, wie ihre blumengleichen Brüste schwer und dick werden. Ein Baby in ihrem Innern. Sein Baby.

»Ich muss es nächsten Monat machen lassen«, sagt sie. »Mein Tanzen, schwanger zu sein ist sehr schlecht für mein Tanzen, weißt du. Ich tanze nicht gut. Ich tanze beschissen. Anfang Mai beginnen unsere Vorstellungen. Das sind nur noch zwei Monate.«

Er gibt ihr seinen Hemdzipfel, um sich die Tränen abzutupfen. »Ja, du hast recht. Du musst es bald abtreiben lassen. Ich komme mit. Ich spreche mit dem Arzt.«

Sie legt den Kopf an seine Schulter. Er spürt sie zittern. »Lynn hat mir gesagt, nach einer Abtreibung kann man manchmal keine Kinder mehr bekommen. Glaubst du, das stimmt?«

»Keine Ahnung«, sagt er. »Nein, ich glaube nicht, dass es stimmt. Vielleicht in seltenen Fällen. Du wirst Kinder bekommen.«

»Ich muss es abtreiben lassen.«

»Ja.« Er will ihr helfen, er liebt sie mehr denn je, und doch will er auch fliehen, ihr entfliehen und dieser kleinen Kammer, will die Steintreppe hinablaufen in die eisige Luft. »Ich helfe dir. Bei allem.«

Die Liege stößt an den Schminktisch, ein Fläschchen stürzt um und fällt zu Boden, zerbricht jedoch nicht, sondern rollt langsam über die verzogenen Holzdielen.

»Ich bin auch noch nicht bereit, Vater zu werden«, sagt er. »Ich muss mein Studium abschließen. Ich muss mir Arbeit suchen. Ich will mir Arbeit suchen. Für uns.«

»Für uns? Du musst mich nicht ernähren.« Mit einem Mal scheint sie wütend auf ihn zu sein. »Womöglich bist du gar nicht der Vater, weißt du?«

»Wie?«

»Jim könnte der Vater sein. Oder du.«

»Jim?«

»James Galloway.«

»Wieso hast du mir das gesagt?«, brüllt er.

»Ich hätte nichts sagen sollen.«

»Dieses Dreckschwein. Professor Galloway kann nicht der Vater sein. Ich bin der Vater!«

»Was macht es für einen Unterschied, wer der Vater ist?«, sagt sie und steht schwankend auf. »Ich lasse es abtreiben.«

Mitte März. Zusammen mit Ralph stochert er in dem milchigen Eis auf dem Campusteich, um es in eine Vielzahl gläserner Inseln zerbrechen zu sehen, die einzeln im bitterkalten Wasser darunter schaukeln. Dünnere Schollen tauen und schmelzen in der Sonne. Mit einer Hand greift er in den matschigen Schnee und zieht eine Samenkapsel heraus, wundersam, von gelbbrauner Farbe, so groß wie eine Kaffeebohne, mit ledriger Haut und zarten Einkerbungen. Als er die Kapsel öffnet, setzt er ein feines gelbes Pulver frei, das stäubt und wogt wie ein winziger Sandsturm. Wie hat so etwas Weiches unversehrt den Winter durchgeschlafen? Wie sein Kind, das in ihrem Bauch schläft.

Am Abend sind seine Hände noch immer senffarben, als er das gerahmte Foto von Juliana von seinem Schreibtisch nimmt. Sie balanciert auf den Zehen eines gewölbten Fußes. Die Beine bilden einen vollkommenen rechten Winkel, das eine steht ganz aufrecht und das andere schießt wie ein Pfeil aus ihrer Hüfte. Ihre Arme schweben. Ihre geöffneten Hände und Finger strecken sich so zart aus, als griffe sie in die Saiten einer Luftharfe. Saiten, schreiten, reiten, lass mich in deine Arme gleiten. Ihr strohblondes Haar ist zu einem Knoten hochgesteckt, mit sanfter Konzentration blickt sie direkt in die Kamera. Kann sie ihn sehen, wie er sie auf der Fotografie betrachtet? Im Geiste hört er sie leise flüstern: Tanz mit mir. Hinauf, hinauf. Ich bin dein Körper. Dein Gedicht ist mein Blut. Hinauf, hinauf. Ich bin dein Körper, dein Gedicht ist mein Blut.
Nach allem, was geschehen ist, bleibt sie seine Schönheit, seine Reinheit, seine Klarheit. Wenn die Abtreibung vorbei ist, wird er mit ihr wieder über die kommenden Jahre sprechen. Er will sie von ihrer grässlichen Tante fortbringen und in einer Wohnung mit ihr zusammenleben, von der man Ausblick auf einen kleinen Park hat. Jeden Morgen werden sie eng umschlungen aufwachen, er wird ihr das Haar bürsten und es mit den goldenen Seidenbändern zusammenbinden, die sie mag. Kann sie ihn hören? Er drückt einen Finger fest an die scharfe Metallkante des Rahmens, zerschneidet sich die Haut und lässt einige Blutströpfchen auf das Glas fallen. Kann sie das rote Blut spüren? Die Zukunft tritt in ihn ein.

Er massiert ihr die Beine. Es kommt ihm vor, als würde er ihr schon seit Stunden die Beine massieren. Auf und ab, auf und ab, eine Welle nach der anderen. Welcher Tag ist heute? Er weiß kaum, wo er ist. Auf und ab. In dem angestoßenen Radio neben der Liege singt leise Billie Holiday.

Plötzlich setzt sie sich auf. Im schwachen Lampenlicht glänzt das Öl auf ihren Beinen. »Ich muss zum Training«, sagt sie. »Ich komme zu spät zum Training.«

Schläfrig blickt er auf seine Armbanduhr. »Es ist drei Uhr morgens.«

»Dann muss ich meine Dehnungen machen.« Sie steht auf, zieht ihren Seidenmantel aus und beginnt mit tiefen Kniebeugen. Die stundenlang im Raum eingesperrte Luft, muffig und abgestanden, scheint ihr am Körper zu kleben.

»Was tust du da?«

»Ich mache meine Dehnungen. In letzter Zeit tanze ich total beschissen.«

»Juliana. Es ist drei Uhr morgens. Bitte. Du musst dich ausruhen.«

»Ich muss meine Dehnungen machen.« Sie beugt und streckt die Knie. Bei jeder Wiederholung knarrt der Holzboden. Mit den Armen auf dem Schminktisch hebt sie ein Bein, waagrecht, aber schlaff, und lässt es wieder sinken. Sie ist erschöpft.

»Juliana. Bitte.« Er hält sie fest. Sie sträubt sich gegen ihn.

»Lass mich in Frieden«, sagt sie.

»Juliana.« Sie ruiniert sich vor seinen Augen. Er

muss ihr helfen. »Juliana, bitte. Bitte leg dich hin und ruh dich aus. Du brauchst Ruhe.«

»Ich muss meine Dehnungen machen. Ich muss leicht sein.«

Er hasst das Ballett. Er hasst die Schwangerschaft. Einen Augenblick verstummt das Radio, dann fängt Billie Holiday wieder an zu singen, langsam und traurig. Auf Julianas Rücken hat die Leinwand der Liege ihr Muster hinterlassen. Wieder umarmt er sie und versucht, sie zum Liegen zu bringen, aber sie entzieht sich ihm. Das Haar fällt ihr strähnig und wirr auf die Schultern.

»Charles«, sagt sie und hält im Üben inne. »Charles, ich will dich etwas fragen. In Ordnung?« Wartend starrt sie ihn an.

»In Ordnung.«

»Findest du mich hübsch?«

Tränen treten ihm in die Augen. »Ja.«

Eine Woche vor dem vorgesehenen Abtreibungstermin haben sie eine Besprechung mit dem Arzt. Seine Praxis befindet sich in einer kleinen Klinik nicht weit vom Studio Magay, in einem dreistöckigen Backsteinbau, vor dem friedlich ein Krankenwagen unter einem Baum steht.

»Ich freue mich, dass Sie beide gekommen sind«, sagt der Arzt. Er ist ein massiger blonder Mann in den Vierzigern. Fast verlegen lächelt er. »Die Männer kommen nicht oft mit.« Er holt ein Klemmbrett hervor, studiert es einen Augenblick und wendet sich dann an Juliana. »Das Gespräch mit Miss Noyes haben Sie geführt?« Juliana nickt. Der Blick, den der Arzt auf sie richtet, ist freundlich, aber wie ein stählerner Strahl. »Und Sie wollen es wirklich tun? Sie haben darüber nachgedacht?«

»Ja.« Ihre Stimme klingt, als käme sie von der Rückseite des Mondes.

Charles ergreift ihre Hand und drückt sich auf dem kleinen Sofa an sie. Er will sie trösten, fühlt sich jedoch, als müsste er sich übergeben. Es ist zu warm. Irgendwo bläst aus einer Heizungsöffnung heiße Luft ins Zimmer. Er hat begonnen zu schwitzen, er spürt die Nässe in seinen Achselhöhlen. Er zieht seine Jacke aus. Trotzdem bedrängt ihn die Hitze. Wieso ist er hier? Dieser schweißtreibende Zimmerkäfig, dieser übermäßig freundliche Arzt. Er dreht den Kopf, um Juliana zu betrachten. Denkt sie an die Abtreibung oder an den Zorn ihrer Tante? Oder daran, wie sie bei der morgigen Probe tanzen wird? Er hat bemerkt, dass ihr Bauch gerade anfängt, runder zu werden. Auch sie hat es bemerkt.

»Sind Sie sicher?«, fragt der Arzt.

»Wie?«

»Sind Sie sicher, dass Sie diesen Abbruch wollen?«

»Ja«, sagt sie, diesmal laut. »Was soll diese Fragerei? Ich kann jetzt unmöglich ein Baby bekommen. Ich bin Tänzerin. Ich habe Proben und Auftritte.«

»Bestimmt sind Sie eine großartige Tänzerin«, sagt der Arzt.

»Das ist sie«, sagt Charles. Er beugt sich zu ihr und gibt ihr einen schweißigen Kuss.

Der Arzt wartet und fixiert sie weiter mit seinem

stählernen Blick. Wieso starrt er sie immer noch an?
»Sehen Sie nicht, dass sie sich sicher ist?«, fragt Charles ärgerlich.
»Na schön«, sagt der Arzt. Er erklärt die Prozedur. Während der Arzt Gebärmutterkanäle, Erweiterungen und Gewebeausschabungen erläutert, fühlt Charles, dass sich alles um ihn herum dreht.
»Eins muss ich noch besprechen«, sagt der Arzt. Rasch wirft er einen Blick auf die Uhr auf seinem Tisch. »Wollen Sie vollkommen bewusstlos sein? Wir können auch eine örtliche Betäubung vornehmen, bei der Sie wach bleiben.«
»Ich weiß nicht recht«, sagt Juliana. Sie wendet sich an Charles. »Ich kann nicht nachdenken.«
»Es liegt an Ihnen«, sagt der Arzt.
Sie schlägt die Hände vors Gesicht. »Ich weiß nicht. Ist mir egal.« Der Arzt nickt. Sie stößt gedehnt den Atem aus. »Kann ich Kinder bekommen? Später?«
»Aller Wahrscheinlichkeit nach.«

In derselben Woche stößt er im Aufenthaltsraum für Dozenten und Studenten zufällig auf Professor Galloway. Lesend sitzt Galloway an einem Tisch und hat die Stiefel auf den benachbarten Stuhl gelegt, als wäre hier sein Wohnzimmer. Von der gegenüberliegenden Seite des Raumes aus entdeckt ihn Charles und zögert. Weiß er, dass Juliana schwanger ist? Charles fühlt sich von ihm gleichermaßen abgestoßen und angezogen. Galloway ist ein amoralischer, arroganter Mensch. Zugleich teilen er und

Charles ... Was teilen sie? Einen geheimen Ort. Wozu werden sie dadurch? Zu etwas, das keinen Namen hat.
Dank seines Hochmuts und seines ewigen Leidens hat Galloway keine Kinder und wird auch nie welche haben. Der Vaterschaft am nächsten wird er mit dieser flüchtigen Schwangerschaft kommen, die in wenigen Tagen abgeschüttelt sein wird. Einen Augenblick verspürt Charles den Drang, Galloway von der Schwangerschaft zu erzählen und ihn glauben zu machen, er sei der Vater und hätte fast ein Kind bekommen, aber nicht ganz. Ein Stich ins Herz.
Galloway wendet die Seite seiner Zeitung, blickt auf und sieht Charles auf der anderen Seite des Raumes.
»Charles!«
Gegen seinen Willen geht Charles zu Galloways Tisch. Sag's ihm. Stoß ihm den Dolch ins Herz.
»Wie steht es mit Juliana?«, fragt Galloway mit leiser, vertraulicher Stimme. »Kommt ihr beide noch zusammen?«
Was für ein Spiel spielt er da?, überlegt Charles. »Mit Juliana steht es ausgezeichnet«, erwidert er. Aber das ist nicht genug, das wird ihn bei weitem nicht genug verletzen. Soll er es ihm sagen? Er fragt sich, ob Galloway wohl schon eine andere junge Frau gefunden hat, um Blut in seinen Körper zu pumpen. Einen grausigen Moment hat er das Gefühl, mit seinem Professor den Platz zu tauschen, selbst fünfundvierzig zu sein, in der Mitte seines Lebens, mit seiner Zeitung dazusitzen und sich mit einem jungen Studenten zu unterhalten.

»Juliana will mich heiraten«, platzt Charles heraus.
»Tatsächlich?«, sagt Galloway. Er zögert. »Isst sie genug? Ist sie …« Er vollendet den Satz nicht, und Charles schweigt. Mit einem Seufzer faltet Galloway seine Zeitung zusammen und steckt sie in seine Aktentasche. »Ich will Ihnen etwas sagen«, sagt er, »weil ich Ihre Wildheit bewundere. Nur eines. Nach ihr werden noch viele Frauen kommen. In fünfundzwanzig Jahren erinnern Sie sich vielleicht nicht einmal mehr an ihren Namen.«
»Ich werde mich daran erinnern!«, ruft Charles töricht. Er fühlt sich wie ein Kind, und er hat nicht gesagt, was er sagen will, doch er hat die Gelegenheit verpasst. Mitsamt seinem traurigen Heiligenschein steht Galloway auf und geht davon.

Am nächsten Morgen wacht Charles mit zusammengebissenen Zähnen auf. Im Schlaf ist die Zukunft umgekippt und ins Gären geraten. Alles ist verkehrt. Blind.
Er will das Baby.
Wie das Schwarze einer Zielscheibe ist diese Gewissheit auf sein Herz gemalt. Und da drüben an seinem Schreibtisch blickt ihm das Foto von Juliana in ihrem Trikot direkt in die Augen. Wenigstens weiß er, wohin sie starrt. Anklagend. Das Baby wird sie ein Jahr lang vom Tanzen abhalten. Seltsam, diese Stimme in seinem Kopf. Er hört die Stimme über »das Baby« sprechen, als existierte es schon. Eine andere Stimme: Nein, das Baby existiert noch nicht. Ein Baby würde sie ein Jahr lang vom Tanzen abhalten,

vielleicht auch länger. Wie könnte er das wollen? Sie muss die Abtreibung machen lassen.
Er will das Baby. Der Gedanke erschüttert ihn, lässt ihn erkennen, dass er sich selbst nicht kennt. Wie kann er nur so selbstsüchtig sein? Kann ein Mensch einen Wunsch vergessen, wenn der einmal in ihm lebendig war, oder ihn in Brand setzen?
An diesem Morgen sind ihm seine Mitbewohner unerträglich. Sie reden und reißen Witze, sie werfen ihre Bücher aufs Sofa, sie legen Schallplatten auf, sie essen Donuts, die sie aus der Cafeteria geholt haben. Er lebt in einem anderen Universum. Würde er den Mund aufmachen, so käme kein Ton heraus. Er will das Baby. Wieso, weiß er nicht. Er weiß nur, dass das Baby Juliana umbringen wird.
Die Sporthalle. Wie ist er hierher gekommen? Schweiß rinnt ihm an den nackten Armen herab und tropft ganz langsam auf den gelackten Holzboden. Die vier Wände sind wie eine hübsche Geschenkpackung. Er schmettert einen Squashball an eine Wand, und die harte schwarze Kugel kommt zu ihm zurück. Er holt aus und schlägt daneben. Beim nächsten Rückprall erwischt er den Ball. Was soll er nur tun? Was kann er tun? Er schämt sich.

Das Telefongespräch mit Juliana: Wir müssen miteinander reden. Von Angesicht zu Angesicht. Ich treffe dich im Studio. Da haben wir keine Ruhe. Dann gehen wir raus auf die Feuerleiter. Ich treffe dich im Studio.
Als er sie sieht, zittert sie.

Er sagt: »Ich will, dass du das Baby bekommst.«
»Wovon redest du da eigentlich?« Sie hat getanzt, ihr Gesicht und ihre Arme glänzen.
»Heute nacht hab ich im Traum gehört, wie unser Kind mit mir gesprochen hat.« Er umklammert das Metallgeländer des Treppenabsatzes. »Ich will das Baby haben. Ich hab's mir überlegt. Ich werde alles dafür tun. Das College werde ich abbrechen. Es bedeutet mir nicht das Geringste. Ich werde mir gleich eine Stelle beschaffen. Ich will, dass wir eine Familie werden.«
»Charles?«, schreit sie. »Du bist übergeschnappt. Du weißt, dass ich kein Baby bekommen darf.« Ohne Mantel fröstelt sie. Auf ihren bloßen Armen und Schultern bildet sich Gänsehaut.
»Doch, du darfst. Ich will es. Ich weiß, es ist mein Baby, da bin ich mir sicher.« Die Augen werden ihm feucht. »Ich will es haben. Wenn es sein muss, kümmere ich mich selbst um das Kind. Wenn du es nicht willst. Ich kümmere mich selbst um das Kind.«
»Du kannst dich nicht um ein Baby kümmern. Du weißt ja gar nicht, wovon du redest.«
»Bitte, Juliana. Bitte. Noch nie im Leben bin ich mir so sicher gewesen. Zum ersten Mal bin ich mir einer Sache sicher. Das weiß ich.«
»Was ist mit mir?« Juliana fängt an zu brüllen. »Du redest bloß davon, was du willst. Ich darf kein Baby bekommen. Ich bin Tänzerin. Das hast du nie richtig kapiert. Ich gebe mein Tanzen für nichts auf der Welt auf. Wieso tust du mir das an?«
Ihre Worte sind so richtig, dass er sie tatsächlich

schon eine Sekunde, bevor sie sie ausspricht, hört. Seine Worte. Einen Augenblick verschlägt es ihm die Sprache, als er seine Worte aus ihrem Mund kommen hört, als wäre er ein Bauchredner. Ja, sie hat recht. Wieso tut er ihr das an?
»Ich verstehe«, sagt er. Er verschluckt sich und fängt an zu husten. »Dein Tanzen, ich weiß. Es ist mir zuwider, dich darum zu bitten. Ich bin mir selbst zuwider, weil ich dich darum bitte. Ich hätte nicht kommen sollen.« Ungläubig starrt sie ihn an. Dann hört er sich wieder sprechen. »Bitte. Es ist mein Baby. Unser Baby.« Er packt sie an den Handgelenken. »Ich denke doch an uns. Ich will, dass wir eine Familie werden. Ich weiß, dass du das Baby auch willst.«
»Ich will dieses Baby nicht.« Sie bricht in Tränen aus. »Ich will das Baby nicht. Ich darf jetzt kein Baby bekommen. Sag mir bloß nicht, was ich will.«
»Ich flehe dich an!«
Sie schlägt ziellos auf ihn ein, dann stürzt sie zurück in das Gebäude. Die schwere Tür des Notausgangs schlägt krachend zu. Eine kleine Weile schwebt ihr Geruch noch auf dem Treppenabsatz. Er atmet ihn ein. Dann blickt er übers Geländer hinab, wo er einen schmalen Durchgang sieht, eine Reihe Mülltonnen, ein rostiges Auto auf Betonblöcken, einen blauen Rauchkringel, der aus einer Pfeife aufsteigt.

Am selben Abend ruft sie ihn an, als er gerade am Einschlafen ist. »Ich lasse es nicht abtreiben«, sagt sie.

»Was?« Er kann kaum glauben, was er gehört hat.
»Schwörst du es mir?«
»Ja!« Ihre Stimme ist zornig. Diese Stimme kennt er nicht. Außerdem hört er eine weitere Stimme, das Gekreisch der Tante. »Ich werde nie wieder tanzen!«, schreit Juliana ins Telefon.
»Juliana.«
»Da hast bekommen, was du wolltest.«
»Ich werde ein guter Vater sein«, sagt er.
Sie legt auf.

13

Nachdem sie aufgelegt hatte, versuchte ich, sie zurückzurufen. Ich rief in der Wohnung ihrer Tante an, was ich noch nie getan hatte, auf die Gefahr hin, den vornehmen Zorn der Tante herauszufordern. Der Telefon läutete und läutete. Die restliche Nacht ging ich auf dem Campus umher und betete, sie möge mir vergeben.

Jetzt habe ich Probleme mit meiner Erinnerung. Ich bin auf dem Campus umhergewandert, ja, das stimmt wohl. Vage erinnere ich mich an dunkle Wege, dunkle Gebäude. Ich kann mir nicht vorstellen, wie ich auf die Idee kam, in diesem Alter Vater werden zu wollen. Schließlich konnte ich kaum für mich selbst sorgen. Jahrelang hatte ich nur von den Zuwendungen meiner Eltern gelebt. Hatte ich tatsächlich gehört, wie das ungeborene Kind mit mir gesprochen hatte? War ich bereit, im letzten Semester mein Collegediplom auf den Müll zu werfen? Ich bin verblüfft. Ich hatte so viel Kraft.

Selbst heute weiß ich nicht, wieso ich plötzlich beschlossen habe, dass ich das Baby wollte. Jene Begegnung mit Galloway am Tag zuvor … du lieber Himmel, habe ich womöglich nur darauf reagiert, wollte ich das Baby nur, um Galloway eins auszuwischen? Ich kann mich noch immer an seinen geringschätzigen Blick erinnern und daran, wie er seine Zeitung zusammengefaltet hat. Ich weiß, dass die Unsicherheit über die Identität des Vaters, die zumindest Juliana empfand, wie ein böser Geist in mir tobte.

Was ich wollte, war wohl ein Anker. Alles in meinem Leben verwirrte mich, und in meiner Verwirrung war das Baby eine Art Anker. Ein kleines Ich, um ein wenig Bedeutung und Mut in mein Leben zu zwingen. Kann man mir das denn übel nehmen? Also habe ich sie gebeten, das Baby zu bekommen. Und ich wollte das Baby für mich, nicht für Juliana und mich. Nein, das stimmt nicht. Ich wollte das Baby für uns beide. Wir haben uns geliebt.

Hat Juliana mich angeschrien, als wir uns an jenem Tag getroffen haben? Ich glaube, ich war derjenige, der gebrüllt hat, aber nicht auf dem Absatz der Feuerleiter. Dort hat unsere Konfrontation nicht stattgefunden. Wir haben uns in irgendeinem leeren Raum im Gebäude getroffen. Ich glaube, mich an eine Art kleinen Lagerraum mit Regalen zu erinnern, an sich kräuselnde Ballettplakate an der Wand, an Stühle, die für eine bevorstehende Aufführung aufeinandergestapelt waren.

Ich war gerade vom Bus gekommen, rasend von meiner Entscheidung, rasend vor Schuld. Entgegen allem, was heilig war, unterbrach sie eine laufende

Probe. Was trug sie? Daran will ich mich erinnern. Ich erinnere mich an ein Trikot, den V-Ausschnitt auf ihrer Brust, bloße Arme und Schultern, Schlappen, glaube ich. Möglicherweise ihr neues Trikot, aber sie wechselte ihr Trikot alle paar Monate, weil sie versuchte, eines zu finden, in dem sie sich leicht genug fühlte. Als sie zu mir kam, strahlte sie etwas von der schweißigen Selbstvergessenheit aus, die sie immer an sich hatte, wenn sie tanzte, doch darunter sah ich die Furcht. Sie strapazierte ihren Körper weit über den Punkt hinaus, der angemessen war, selbst für eine Tänzerin, selbst für jemanden, der gewohnt ist, mit aufgeplatzten, blutenden Füßen zu springen und umherzuwirbeln. Außerdem war sie sich der kleinsten Abweichung von ihrer Höchstform genau bewusst. Zu diesem Zeitpunkt war sie ein Messer, das anfing, stumpf zu werden, und das wusste sie.

Weil die Garderobe der Tänzerinnen für die Probe benutzt wurde, suchten wir uns den Lagerraum am anderen Ende des Flurs.

»Ich will das Baby bekommen«, sagte ich, sobald wir allein waren.

»Wovon redest du eigentlich?« Sie sah mich ungläubig an. Soweit ich mich erinnere, lag keine Liebe in diesem Blick, nur Zorn. In wenigen Tagen sollte sie das Ding in ihrem Uterus loswerden, den Reibungswiderstand gegen ihre hohen Sprünge und Drehungen, und mit einem Mal stand ich ihr im Weg.

»Ich will das Baby«, wiederholte ich.

»Charles! Meinst du nicht, das ist meine Entscheidung?«

»Es ist auch meine Entscheidung«, sagte ich. »Ich bin der Vater. Der Vater hat auch Rechte. Ich habe darüber nachgedacht, und ich hab's mir anders überlegt. Wenn das Kind geboren ist, werde ich dich um nichts bitten. Ich werde mich um das Kind kümmern. Ich nehme jede Stelle an, die sich anbietet.« Sie starrte mich an. Wir wussten beide, dass das, was ich da sagte, lächerlich war. Zumindest hätte ich es wissen müssen. »Bitte hör mich an, Juliana«, sagte ich. »Du willst das Baby doch auch, ich weiß es.«

Da begann sie zu weinen. Ich sah, wie der dunkle Lidstrich sich auflöste und ihr an den Wangen herablief. Selbst weinend war sie noch wunderschön.

»Tu mir das nicht an, Charles.«

Tu mir das nicht an? Juliana hatte noch nie zuvor zugegeben, dass ich irgendwelche Macht über sie besaß.

Weshalb weinte sie? Vielleicht weinte sie, um mich zu erweichen, um meine Entschlossenheit zu zerbrechen, damit sie am Ende doch die Abtreibung machen lassen und ihr Leben als Tänzerin fortsetzen konnte. Nein, das glaube ich nicht mehr. Ich glaube, sie hat mich geliebt, und ich glaube, dass ein Teil von ihr das Baby wirklich wollte. Sie war im Widerstreit mit sich selbst. Trotzdem fühlte ich mich schuldig. Ich wusste genau, dass ein Baby ihre Tanzkarriere zunichte machen würde.

Ich nahm sie in die Arme und küsste sie. Ich liebte sie. Meine Liebe hatte kein Jota abgenommen. Außerdem spürte ich eine stärkere sexuelle Anziehung denn je. Der mit Parfüm gemischte Schweiß. Ihr vom Tanzen und der emotionalen Intensität des Augenblicks gerötetes Gesicht. Die dünnen Träger ihres Trikots, der dünne, straff gespannte Stoff, der sich über ihre kleinen Brüste wölbte und sich um die Brustwarzen kräuselte. Selbst die minimale Rundung ihres Bauches. Ich wollte mit ihr schlafen, im Lagerraum, auf der Stelle.

»Ich kann das Baby nicht bekommen!«, schrie sie und schob mich weg. »Ich kann das Baby nicht bekommen. Du bist ein selbstsüchtiges Miststück. Du bist wie alle anderen Männer. Ich hab gedacht, du wärst anders. Du denkst nur an dich selbst.«

»Wer ist hier selbstsüchtig?«, brüllte ich. Aber wenn ich jetzt zurückdenke, glaube ich nicht, dass ich das gesagt habe. Ich glaube auch nicht, dass sie so etwas gesagt hat. In unserer Beziehung gab es keine Selbstsucht, zumindest nicht mehr als die übliche Selbstsucht eines Menschen, der versucht, in der Welt zu überleben. Wir liebten uns. Gibt man nicht ein Stück von sich auf, wenn man liebt? Ich glaube, ich wollte das Baby als Anker für mich, aber auch für uns beide. Sie wollte ihr Tanzen, weil es das Leben war, das sie kannte, weil sie dadurch ihrer versoffenen Mutter entkommen war, weil es ihre Leidenschaft war. Sie hatte eine Leidenschaft, und ich beneidete sie darum. Vielleicht wollte ich das Baby deshalb. Begriff ich diese Dinge damals? Wussten wir, dass wir unsere kleine Papierwelt in Fetzen rissen? Zu spät.

Weinend lief sie aus dem Raum, den Flur entlang, und verschwand.

Jemand ruft ihn aus weiter Entfernung, eine Stimme, die er erkennt und doch wieder nicht. Ist sie es? Nein, es ist seine Mutter. Sie sagt ihm etwas über das Baby, und er bemüht sich zu verstehen, was sie sagt.
Er hat geträumt. Steif setzt er sich in seinem Wohnheimbett auf. Er trägt noch immer seine Kleider vom Vorabend wie ein Kostüm von einer alptraumhaften Halloweenparty. Es ist Nachmittag. Im Nebenzimmer heult Aretha Franklin. Verschlafen nimmt er den Telefonhörer ab und hinterlässt im Studio Magay die Nachricht, sie solle ihn in der nächsten Pause zurückrufen. Er werde am Telefon warten.
Er hat Kopfschmerzen. Er sitzt am Telefon, versucht, in einem seiner Lehrbücher zu lesen, und fühlt sich, als würde er in Öl schwimmen. Derselbe Absatz, immer wieder. Er lässt das Buch sinken und starrt auf eine Ameise, die langsam den Tisch überquert. Es ist eine schwarze Ameise. Alle paar Sekunden hält sie inne, ihre winzigen, gebogenen Fühler bewegen sich suchend in der Luft, der Kiefer öffnet und schließt sich, als zermalmte er ein Opfer. Dann kriecht sie weiter. Sie zieht ihren ovalen Unterleib hinter sich her wie ein Sklave, der eine Last schleppt. Er sieht zu, wie die Ameise beharrlich ihre lange Reise über den Tisch hinter sich bringt, wie sie stehenbleibt und weitergeht, wie ihr Kiefer sich öffnet und schließt. Wie seltsam, denkt er, diese Sekunden im Leben dieser Ameise zu beobachten.
Du bist zu lieb zu mir. Das ist Julianas Stimme in seinem Kopf. Einmal hat er das Blut aus einem Schnitt an ihrer Hand gesaugt. Er wartet.

Am Abend ruft er bei Frankie's an. »Sie ist ein paar Minuten rausgegangen«, sagt ihm irgendjemand. Nach einer Stunde hinterlässt er eine weitere Nachricht. In der Wohnung der Tante nimmt niemand ab. Er beschließt, ihr einige Tage zu lassen, um sich zu beruhigen, und sich selbst ebenfalls.

Was kann er tun, um sich auf die Vaterschaft vorzubereiten? Keiner seiner Freunde ist Vater. Manche der fortgeschrittenen Studenten sind Väter. Gelegentlich sieht er sie mit ihren Kindern über den Campus spazieren. Die Kleinen laufen ein paar Schritte und purzeln dann auf den Rasen; Sportwagen für die Babys, Rucksäcke, aus denen Windeln, Flaschen und reihenweise kleines Plastikspielzeug quellen. Nun versucht er, sich selbst in dieser Rolle vorzustellen. So bringt man ein Baby zum Kichern. Ein Baby hält man, indem eine Hand Kopf und Hals stützt. Pausbacken und Julianas grüne Augen. Schon jetzt liebt er das Kind. Kann er das Kind lieben, wenn er weiß, was es seine Mutter gekostet hat?

Ich werde Vater, erzählt er Ralph, als sie den diagonalen Weg entlanggehen. Ralph stößt einen Pfiff aus. Echt? War es ein Unfall? Kein Unfall, sagt Charles. Wir haben gemeinsam beschlossen, ein Baby zu bekommen. Ralph pfeift noch einmal. Ich hatte keine Ahnung, dass es euch so ernst ist. Mensch! Da muss ich wohl gratulieren. Das ist 'ne ernste Sache.

Juliana, vergib mir, denkt er. Sie wird ihm vergeben. Sie will das Baby auch. Sobald es geboren ist, kann sie wieder tanzen. Er wird sein Möglichstes tun, um ihr beim Tanzen zu helfen. Juliana, ich werde ein

guter Vater sein. Wenn er allein ist, merkt er, dass er mit ihr spricht.
Am Freitag sind es vier Tage Schweigen, Zeit genug. Seine Nerven sind zum Zerreißen gespannt. Am späten Nachmittag lässt er seinen Unterricht ausfallen, nimmt den Bus nach New York und die U-Bahn ins East Village; dann die drei Absätze der Steintreppe hoch zum Tanzstudio. Es wird geprobt.
Aber sie ist nicht da. Er fühlt sich wie ein Fremder, als wäre er zufällig in diesen höhlenartigen Raum mit den hohen Decken und Fenstern und den Haltestangen geraten. Das Klavierspiel macht ihn rasend. Wieso spielt das Klavier, wenn sie nicht da ist? Grace hört mit ihren Pliés auf, sobald sie ihn sieht. »Seit drei Tagen kommt Juliana nicht mehr zur Probe«, sagt sie. »Wir konnten sie nicht erreichen. Weißt du, wo sie ist?«
»Nein«, sagt er. »Ich dachte, sie wäre hier.« Irgendwie hat er gewusst, dass sie nicht da sein würde, ein weites schwarzes Wissen wie ein schwarzer See. Aus diesem See strömt Fäulnis in seinen Magen.
Grace wischt sich mit einem Kleenex das Gesicht ab. »Das sieht ihr überhaupt nicht ähnlich. Wir machen uns Sorgen, dass ihr etwas zugestoßen ist. Seit ein oder zwei Monaten ist sie nicht mehr sie selbst. Na, das weißt du ja.« Verlegen schaut sie ihn an. »Ist sie schwanger?« Sie zögert. »Tut mir leid, wenn ich was Falsches gesagt habe.«
Er schließt die Augen. Was soll er sagen? »Ja.«
»Aha«, sagt Grace. »Wir waren nicht sicher. Wir haben es uns gedacht.«

Das Klavier hält inne. Um ihn herum bewegen sich Menschen, vage Gestalten. Er lehnt sich an die Wand. Hat sie die Abtreibung doch machen lassen? Ist sie womöglich schwer krank? Wieso hat sie ihn nicht zurückgerufen? Man spricht ihn an, Stimmen wie unter Wasser. Geräusche und Licht werden flach und schwinden.
»Ich weiß nicht, wo sie ist«, flüstert jemand ihm zu. Es ist Lynn. »Ehrlich. Gestern hat sie mich angerufen, ein Ferngespräch. Sie ist mit ihrer Tante irgendwohin. Es ist ein Schock. Sie wollte mir nicht sagen, wo sie ist.«
»Was?« Er schaut auf und sieht Lynns Gesicht neben seinem, ihren Mund. »Was? Sie ist fort? Das glaub ich dir nicht.«
»Ehrlich! Sagst du mir, wenn du sie findest? Ich hab gedacht, sie lässt eine Abtreibung machen. Ich hab gedacht, deshalb ist sie nicht aufgetaucht. Glaubst du, sie kommt zurück?«

Er rennt die Steintreppe hinab und nimmt ein Taxi zur Wohnung der Tante. Autos zucken vorbei wie um sich schlagende Tiere.
Wie tot ihm die Wohnung vorkommt. Fünf Minuten lang klopft er an die Tür, klopft so lange, bis die Nachbarn brüllen, er solle aufhören. Hier bräuchte man ’nen Wachmann, schreit jemand. Dann steht der Hausmeister hinter ihm, haarig und fett in seinem Unterhemd. Sie sind fort, sagt der Hausmeister, das Mädchen und ihre Tante. Vor zwei Tagen sind sie fort. Haben ihr Zeug an einem Tag zusammen-

gepackt wie Diebe, ein Möbelwagen war hier, und dann waren sie fort. Haben zwei Monate Miete in bar dagelassen und sind ohne Nachsendeanschrift abgehauen. Das Mädchen war ’ne süße Mieze, sagt der Hausmeister zwinkernd, jung, aber legal. Charles könnte ihn zerquetschen.
»Wo sind sie hin?«, fragt er wie betäubt.
»Nicht die leiseste Ahnung«, sagt der Hausmeister. »Die sind abgehauen wie Diebe in der Nacht.« Ein dicker Schlüsselbund hängt ihm am Gürtel.
»Darf ich reingehen?«, fragt Charles. »Bloß zehn Minuten?«
»Nee«, sagt der Hausmeister.
Charles späht durch das Glas des Spions und sieht das kleine Wohnzimmer, leer bis auf den Couchtisch. Auf dem Boden sind Kleiderbügel aus Draht und zerknüllte Zeitungen verstreut. Jenseits des Wohnzimmers ein winziger Flur, zwei Türen, die zu zwei Zimmern führen. Durch die Linse des Spions ist alles grotesk gekrümmt und verformt wie das fratzenhafte Bild eines Menschen im Zerrspiegel eines Vergnügungsparks.
Planlos nimmt er wieder ein Taxi zum Studio Magay. Es ist Viertel nach fünf, kurz nach Ende der Probe, doch die Tür ist noch nicht verschlossen. Benommen geht er an sich bewegenden Menschen vorbei durchs Studio in die Garderobe der Tänzerinnen.
Ihr Schminktisch. Der Spiegel. Das Waschbecken. Er nimmt den Schwamm vom Waschbecken und drückt ihn sich ans Gesicht. Die Liege. Er setzt sich

auf die Liege, beugt sich hinab und riecht an der Leinwand, auf der ihr Körper gelegen hat.
Nach einer Weile, er weiß nicht wie lange, kommt Lynn herein. Als er den Kopf hebt, sieht er sie barfuß in engen Jeans und einem engen Pullover vor sich. Sie schließt hinter sich die Tür.
»Ich hoffe, du hast nichts dagegen«, flüstert sie. Als er nichts erwidert, setzt sie sich neben ihn auf die Liege. Er will sie nicht dahaben. Als sie sich an die Wand lehnt, verschiebt sich die Liege. »Ich weiß, dass ihr beide hierher gekommen seid«, sagt sie. Sie legt ihre Hand auf seine. »Ich wäre auch mit dir hierher gekommen. Das würde ich noch immer tun. Findest du mich schrecklich?«
In Gedanken steht er noch immer vor der Wohnung der Tante und sieht durch das Guckloch die grässliche Verlassenheit. Wo ist Juliana hin? Ist sie aus Liebe oder aus Hass vor ihm geflohen? Eins von beiden muss es sein. Er senkt den Blick und entdeckt Lynns Hand, weiß. Gegen seinen Willen fühlt er sich von ihr angezogen. Lass mich in Ruhe, denkt er. Er kann sich nicht bewegen.
»Bist du der Vater?«, fragt Lynn. »Von Julianas Baby?«
»Ich weiß es nicht«, sagte er leblos. »Ich glaube, schon.«
»Du willst es, stimmt's? Das merke ich.« Sie legt ihren Kopf an seine Schulter. »Sie wird dich anrufen. Bestimmt wird sie das tun.« Sie drückt seine Hand. »Ob sie das Baby wohl bekommen wird? Mit einem Baby kann ich mir Juliana gar nicht vorstellen. Aber

es wird ein wunderschönes Baby. Juliana hat ein schönes Gesicht, nicht wahr?«
Er kann nicht sprechen. Er weiß, dass dieser Augenblick der letzte Augenblick einer Welt ist. Dieser Atemzug ist der letzte Atemzug einer Welt. Er schaut hinauf an die Decke, starrt auf den hängenden Seidenschal und bemerkt nach all den Monaten zum ersten Mal zwei rote Lippen, gespitzt zu einem Kuss.

Mir fehlen die Worte. Mir, der mit Worten seinen Lebensunterhalt verdient, mit dem Lesen von Worten, dem Unterrichten von Worten, einst auch dem Schreiben von Worten. Ein Geheimnis: Worte versagen.
Ich habe Kriegsreportagen mit Soldaten gesehen, denen man den Kopf weggeblasen hatte, denen die Gedärme wie Wurstschlingen heraushingen, deren Beine sauber abgetrennt im Sand lagen. So ist das.
Im Oktober nach meiner Abschlussfeier, in dem Monat, in dem das Baby wohl irgendwo auf die Welt kam, drehte ich mein Radio so laut auf, dass ich fast taub wurde. Ich wollte taub werden. Oder blind, doch dafür hatte ich nicht den Mut. Wann habe ich schon Mut gehabt?
Inzwischen wäre mein Kind bald dreißig. Es ist bald dreißig. Kein Kind mehr, sondern ein junger Mann oder eine junge Frau. Eine Schwester oder ein Bruder von Emily. Ich habe nie aufgehört, dieses Kind zu lieben, das ich nicht kenne. Manchmal denke ich, ich habe Emily deshalb nie genug Liebe geschenkt,

weil ich ein wenig davon für jemand anderen aufgespart habe.
Oft frage ich mich: Hat das Kind ihren Körper einer Tänzerin? Oder meinen Ringerkörper? Ihre Augen oder meine? Was hat Juliana unserem Kind von mir erzählt? Woran erinnert sie sich überhaupt? Manchmal denke ich: Wenn ich das Kind nie gesehen, wenn ich es nie berührt habe, existiert das Kind womöglich gar nicht wirklich. Ich kann mir vorstellen, dass es nicht existiert. Andere Male denke ich: Vielleicht muss ich mir gar nicht vorstellen, dass das Kind nicht existiert. Vielleicht hat Juliana das Baby doch nicht bekommen. Ich weiß nicht, welche Alternative schlimmer ist.
Inzwischen wäre mein Kind bald dreißig. Älter, als ich war, als ich in der Garderobe der Tänzerinnen auf jener Liege saß und leer und leblos auf die roten Lippen starrte. Ich erinnere mich, wo meine Hände lagen, an die Neigung meines Kopfs, an mein Atmen. Wie zart ich war. Ich war selbst ein Kind, das man abgeschlachtet hatte. Wer hat das zugelassen? Wer konnte das geschehen lassen?

Die Nacht hat sich herabgesenkt. Nun kann ich hier nichts mehr sehen. Das Kuratoriumszimmer ruht in völliger Dunkelheit bis auf den kleinen Mond des Notlichts in der Ecke. Es muss neun Uhr sein, vielleicht auch zehn. Ich bin steif, weil ich so viele Stunden gestanden habe. Ich dehne mich, kratze mich an der Nase. Ich muss auf die Toilette. Vor dem Bleiglasfenster sehe ich den dunklen Umriss der Eiche.

In der Ferne leuchten Zelte, dunkle Menschenknäuel stolpern betrunken umher. Gedämpfte Musik von den Partys, die verstreut sind wie kleine Buschfeuer.
In der Dunkelheit taste ich mich an Wänden entlang, verlasse das Kuratoriumszimmer und das Gebäude. Wieder bin ich am Boden zerstört. Ich will mich hinlegen, ich will nach Hause fahren. Was ist das? Meine zitternde Hand. Ich muss jemanden nach dem Weg zum Bootshaus fragen. Dort ist Ralph.
Ich werde einige Minuten hier unter der Eiche bleiben, um meine Gedanken zu sammeln. In einigen Minuten gehe ich hinunter zum Bootshaus.
Neben dem Weg scheint irgendjemand zu stehen. »Wer ist da?« Im trüben Licht der Straßenlaterne spähe ich hinüber. Ein junger Mann, vielleicht ein Student. Er nickt mir zu. Er sieht verstört aus und reibt sich ständig das Gesicht.
»Hast du sie gefunden?«, fragt er.
»Wen?«
»Juliana.«
Ich kenne diesen jungen Mann. Nach allem, was in den vergangenen Stunden geschehen ist, bin ich nicht verblüfft, ihn zu sehen. »Nein, ich habe sie nie gefunden.«
Trotz der Dunkelheit glaube ich, in seinen Augen Tränen zu sehen. Vielleicht irre ich mich.
»Ich habe nach ihr gesucht«, sage ich. »Ehrlich. Ich habe nach ihr und dem Baby gesucht. Ich habe mit allen Leuten gesprochen, die sie kannten. Sie ist nie nach New York zurückgekehrt. Jahrelang habe ich bei den Ballett-Truppen nachgefragt. Ich bin nach

Virginia gefahren und habe versucht, ihre Mutter aufzuspüren. Aber es war hoffnungslos, ich wusste so wenig von ihr. Sie ist verschwunden.«
Er starrt mich an. »Werde ich mein Kind je sehen?«, fragt er. »Bitte.«
»Ich glaube nicht.« Er ist so zart, er bricht mir das Herz. Was kann ich sagen, um ihn zu trösten? »Du wirst über Juliana hinwegkommen. Du wirst sie vergessen. Das Kind wirst du auch vergessen.«
»Nein, das werde ich nicht«, sagt er. »Du lügst. Lüg mich nicht an.«
»In Ordnung.« Meine Beine geben nach, und ich muss mich an den Baum lehnen. Dort findet meine Schulter die raue Borke. Ich spüre seinen Blick auf mir wie eine Hand.
»Du hast sie nicht vergessen, Juliana und das Kind, nicht wahr? Oder doch? Oder doch?«
»Nein«, flüstere ich. Ich kann kaum sprechen. »Ich denke jeden Tag an sie.« Er hat den Finger auf mein Herz gelegt. Klüger als ich ist er auch noch. Ich habe alles verloren.
In der Ferne höre ich eine Gruppe von Männern singen: *Bring mich zurück, bring mich zurück an jenen nie vergessnen Ort, zu den Wiesen so grün und den Säulen so weiß, lasst mich singen von Freundschaft und Glück.* Eine kleine Weile wird der Gesang lauter und ausgelassener. Dann schwellen die Stimmen zu einem leisen Jaulen ab, während die Männer durch den Baston Arch gehen und hinaus auf die dunklen, ansteigenden Höfe des östlichen Campus.
»Wie war es, mit ihr zu schlafen?«, frage ich.

»Weißt du das nicht mehr?«
»Sag's mir.«
»Ich kann es nicht beschreiben«, sagt er. Aber ich kann die Kraft daraus in seinem Gesicht sehen, die Lebenskraft, das strömende Blut. Er hat geliebt, und er ist geliebt worden.
»Erzähl mir bloß vom ersten Mal«, sage ich. »Wie war es, als du das erste Mal mit ihr geschlafen hast?«
»Ich kann mich nicht erinnern«, sagt er.
Er muss sich daran erinnern. Kann seine Verschwendungssucht denn so gewaltig sein? Er verfeuert Welten.
Aber ich habe etwas viel Schlimmeres getan. Ich habe seine Zukunft vergeudet. Ich habe gestohlen, was er hat, und es vergeudet. Und ich muss es ihm sagen, das muss ich einfach. Ich sollte mich im Staub wälzen und es ihm sagen. »Mein Leben ...«
»Nein«, sagt er. »Mehr will ich gar nicht wissen.«
»Es gibt Dinge, die ich dir sagen muss.« Er muss mich mit sich sprechen lassen. Er erhofft so viel, das nie geschehen wird.
Wieder setze ich an, doch er hebt die Hand. »Tu's nicht«, sagt er. »Ich will nicht mehr wissen. Ich will einfach nur leben.« Er tritt einen Schritt zurück in den Schatten und ist fort.
Ich kann mich nicht bewegen. Ich will zum Bootshaus gehen, doch ich kann mich nicht bewegen. In meinem Innern ist nichts mehr. Ich bin leer. Stimmen. Eine andere Gruppe geht singend in der Nacht vorbei, und ich lausche stumm, während die Töne anschwellen und verklingen. Nach einigen Augen-

blicken höre ich ein anderes Geräusch: meinen eigenen schweren Atem.

»Charles? Damit willst du doch nicht ins Kino gehen, oder? Du siehst aus wie Dick und Doof.«
»Ich wollte mich für deinen Film passend anziehen.«
»Für meinen Film. Jetzt ist es also mein Film. Es ist Jean Doumers Film.«
Sheila sieht großartig aus. Sie hat sich hergerichtet. Sie kommt zu mir, rückt mir die Krawatte zurecht und glättet sanft mein Haar.
»So«, sagt sie, »jetzt bist du ein wenig vorzeigbarer.« Sie tritt zurück und lächelt mich an. »Du rächst dich an mir, weil ich nicht zu deinem Jahrgangstreffen mitgekommen bin, stimmt's? Da mache ich dir keinen Vorwurf. Ich hätte mitkommen sollen. Hoffentlich verzeihst du mir.«
»Mach dir keine Gedanken.«
»Bestimmt bist du zu keiner einzigen Party gegangen. Du Misanthrop.« Sie lacht. »Aber heute führe ich dich aus. Du wirst *L'habitude* sehen, ob du willst oder nicht.«
»Es wird mir nicht gefallen.« Ich habe von *L'habitude* gehört. Es ist die hochgestochene französische Verfilmung einer von Humbersides schwächeren Kurzgeschichten. Außerdem hasse ich Filme mit Untertiteln. Sie erinnern mich an die roten Korrekturen, die mein Lehrer in der sechsten Klasse auf meinen Arbeiten angebracht hat.
»Ich will wirklich, dass du diesen Film siehst. Er ist wunderschön und sonnig, und die Leute tanzen.

Und nach dem Film gehen wir essen. Ich hab in einem phantastischen kleinen Lokal einen Tisch reserviert. Jetzt mach die Augen zu. Ich hab eine Überraschung für dich.«
Ich kann mir nicht vorstellen, wovon Sheila redet. Ich werde die Augen schließen, wie sie es will, doch zuerst will ich mir das Zimmer einprägen. Der kastanienbraune Teppich liegt leicht schief auf dem Holzboden. Auf dem Kaminsims sehe ich einen Stapel Bücher, großteils ungelesen, manche dick und manche dünn, wie ungleichmäßig gefärbte Ziegelsteine. Regale mit weiteren Büchern. Der Eckstuhl, den ich vor Jahren gekauft habe, mit seiner halbrunden Lehne und seinem Korbgeflecht. Eine Porzellanlampe. Der gerahmte Druck einer Japanerin in einem reich verzierten Kimono. Eine kleine Couch, halb im Schatten verborgen. An der Decke drehen sich in Zeitlupe silbern die Flügel des Ventilators. Ich stehe in der Nähe meines Schreibtischs, meine Arme hängen herab, und ich spüre eine gewisse Festigkeit, als hätte ich mich in meinem Körper niedergelassen. Sheila lehnt an der verglasten Tür. Sie trägt ein ärmelloses blaues Kleid mit einem weißen Kragen und dunkelblauen Knöpfen und hochhackige Schuhe. Ich schließe die Augen.
»Du hast sie fest geschlossen? Nicht schielen!«
»Meine Augen sind geschlossen.« Ich höre etwas rascheln. Dann ihre Hand an meiner Wange.
»Lass die Augen geschlossen«, sagt sie.
Ihre Hand auf meiner Wange fühlt sich wunderschön an. Mit geschlossenen Augen hebe ich den

Arm und berühre ihr Gesicht, ihre Augenlider, ihre Nase, ihre Lippen.

»Charles«, flüstert sie. »du störst mich bei meiner Überraschung. Ich warte bis später.« Sie lehnt sich an mich. »Vielleicht sollten wir heute doch nicht ausgehen.«

Langsam bewege ich meine Hand über ihr Gesicht wie ein Blinder. So habe ich sie noch nie berührt. Ohne die Augen zu öffnen, ziehe ich sie an mich. Sheila, liebe Sheila.

»Charles, weinst du? Ich hab dich noch nie weinen sehen. Was ist denn, Liebling? Sag's mir.«

»Halt mich fest.«

»Natürlich halte ich dich fest. So. Die ganze Nacht halte ich dich fest. Ich will wissen, was mit dir los ist. Erzähl es mir.«

Danksagung

Ich bin Richard Colton, Tänzer und Lehrer, in tiefem Dank verbunden, weil er mir die Welt des Balletts nahegebracht und mein Manuskript mit wertvollen Kommentaren versehen hat. Ebenso danke ich Meghan Beals, die mir das Pearl Theater in New York gezeigt hat, sowie der Ballett-Truppe von Tricia Brown, dem Paul Taylor Dance Studio und dem Royal Ballet – sie alle haben mir gestattet, Proben und Unterrichtsstunden zu besuchen.

Was die Fakten über Asteroiden und zur Geschichte der Astronomie betrifft, danke ich Brian Marsden, Gareth Williams und Chuck Whitney.

Für die Hilfe bei allen militärischen Sachverhalten bedanke ich mich bei Steve Xenakis.

Nützliche Bemerkungen zum Manuskript machten Isabelle De Courtivron, Michael Rothschild und LaRose Coffey. Dank auch an sie.

Wie immer bin ich meinem Lektor Dan Frank für seine Betreuung zu Dank verpflichtet, gleiches gilt für die Ermutigung seitens meiner Agentin Jane Gelfman.

Zu guter Letzt danke ich meiner Familie – Jean, Elyse und Kara – für ihre hilfreiche Durchsicht des Manuskripts und ihre verständnisvolle Geduld.

Alan Lightman bei Knaur:

Und immer wieder die Zeit

Roman

An einem Aprilmorgen des Jahres 1905 sitzt der junge Albert Einstein früh um sechs Uhr an seinem Schreibtisch im Berner Patentamt. In der Hand hält er zwanzig Seiten mit seiner neuen Theorie der Zeit, der speziellen Relativitätstheorie. Einstein ist erschöpft, der Kopf sinkt auf die Tischplatte – und er beginnt zu träumen: von Welten, in denen die Zeit still steht, langsamer fließt, springt oder rückwärts läuft, von Wirklichkeiten, in denen sie plötzlich von Neuem beginnt oder gar verschwindet ...

»Dreißig kleine, federleichte Gedankenspiele ...
ein wunderschöner, anrührender und
saukomischer Erstling.«
Stern

Knaur Taschenbuch Verlag

Alan Lightman bei Knaur:

Die Diagnose

Roman

Geschwindigkeit, Geld, Informationen – höher, schneller, weiter. Bei Bill Chalmers, einem Investmentbroker aus Boston, brennen eines Morgens die Sicherungen durch. Auf dem Weg zur Arbeit tickt er in der U-Bahn aus, verliert das Gedächtnis, irrt umher. Zwar hat er sich nach ein paar Tagen wieder gefangen, aber es bleibt ein taubes Gefühl zurück. Und das ergreift nach und nach von seinem ganzen Körper Besitz …

»In seiner messerscharf beobachteten Tragikomödie hält Alan Lightman, einer der brillantesten amerikanischen Schriftsteller der Gegenwart, unserer hektischen Welt den Spiegel vor.«
E. Annie Proulx